edition fink 372

Johannes M. Hedinger
COM & COM

# *C-Files: Tell Saga*

*Das Drehbuch
zum Film von COM & COM
mit zahlreichen
Filmfotos*

*Text nach einer Idee von
Hedinger/Gossolt*

Kunsthaus Zürich
edition fink

Diese Publikation erscheint
anlässlich der Ausstellung von COM & COM im
Kunsthaus Zürich
vom 9. September bis 29. Oktober 2000.

Umschlag: *COM & COM. Der Schwur der drei Eidgenossen,*
Foto: Stefan Rohner, Bildbearbeitung: Can Asan.


Das vorliegende Drehbuch basiert auf Motiven
aus dem Drama «Wilhelm Tell» von Friedrich Schiller,
sowie der TV-Serie «The X-Files»
von Chris Carter
und enthält Elemente aus dem Roman
zum Film «James Bond: The World is not enough»
von Raymond Benson und
dem Film «Matrix»
von den Wachowski Brothers.



ISBN 3-906086-37-2

*Inhalt*

# Vorwort

*«Unser Bewusstsein ist inzwischen fähig, sich problemlos in die Konditionen einer vergangenen Ära einzudenken und die Welt mit deren ästhetischem Blick zu betrachten. Wir haben uns die vierte Dimension geöffnet. Historie bietet uns die Vergangenheit, Science Fiction bietet uns die Zukunft an. [...] Wir sind kein Punkt mehr auf der Linie, wir sind die ganze Linie. Auf eine polychrone Zeit muss man, will man sich (nicht nur einen Film oder ein Kunstwerk, sondern) ein Werk erarbeiten, polymorph reagieren. Vielfalt. Ein starker Epigone hundert verschiedener Meister ist tausendmal interessanter als ein Original, das mit sich selbst die Welt zu stemmen versucht. Und am Ende die Welt nur mit dem eigenen Blutfleck verbuntet.»* *Helmut Krausser*

Unverwechselbarkeit wird vom Ideal zum Stigma, weist auf Eindimensionalität hin. Man muss sich viele Stimmen erarbeiten – den Vätern abgeguckt, in den eigenen Takt, die eigene Temperatur gebracht –, und wenn man sie schliesslich beherrscht, heisst es, sie organisch zu verknüpfen lernen.

Das Film- und Ausstellungsprojekt «C-Files: Tell Saga» des Künstlerduos COM&COM zitiert eine Reihe von Filmen, Büchern und Kunstwerken. Die Geschichte ist in erster Linie eine Kompilation von Motiven aus der US-amerikanischen TV-Serie «The X-Files» (seit 1994) und dem Heldenepos «Wilhelm Tell» in der Fassung nach Friedrich Schiller (1804). Filme wie «Matrix» (1999) von den Wachowski-Brüdern, Mel Gibsons «Braveheart» (1995), die «Back to the Future»-Trilogie (1985–1990), «James Bond: The World is not enough» (1999) und Truffauts «La nuit Americaine» (1973) standen weiter Pate. Im Bereich der Literatur trifft der Leser neben Schiller-Zitaten auch auf Spuren von Max Frischs «Wilhelm Tell für die Schule» (1971). Als Kunstreferenzen seien die Fotografien von Jeff Wall (1946) sowie die Gemälde von Ferdinand Hodler (1835–1918) und Johann Heinrich Füssli (1741–1825) zu erwähnen.

Nach der erfolgreichen Veröffentlichung einer Neuadaption des Homer'schen Heldenepos «Die Odyssee» als Fotoroman (1998), erwogen Marcus Gossolt und Johannes M. Hedinger erstmals im Sommer 1998 eine Neuinterpretation der Wilhelm-Tell-Geschichte für die Gegenwart.

Ursprünglich als Fotoarbeit geplant und begonnen, wurde das Künstlerduo im Frühjahr 1999 vom Kunsthaus Zürich eingeladen, «C-Files: Tell Saga» in einer umfassenden Einzelausstellung zu präsentieren. Dies war der Startschuss für die Filmversion. Das Drehbuch dazu entstand im Herbst/Winter 1999/2000 während eines Stipendienaufenthalts beim DAAD in Berlin. Nach einer Reihe von Ausstellungen in Basel, Luzern und Berlin, in welchen Werk- und Produktionsausschnitte wie Setbauten, Kostüme, Videos, Fotos und Skizzen gezeigt wurden, begannen im Juli 2000 die aufwendigen Dreharbeiten an Originalschauplätzen in der Innerschweiz und in den Studios von View Productions in Wald (ZH). In einem temporären Studio in der Übersichtsausstellung im Kunsthaus Zürich werden die letzten zwei Szenen des Filmes abgedreht. Die Setbauten bleiben während der gesamten Ausstellungsdauer als Teil der Präsentation bestehen. Neben rund sechzig Fotografien aus der Produktionsgeschichte von «C-Files: Tell Saga» werden auch erstmals Ausschnitte aus dem sich in der Postproduktion befindenden Film zu sehen sein.

Film übt einen starken Reiz auf Künstler und Autoren aus, die ein grosses Publikum suchen. Dafür sind sie bereit, die Autorität ihrer Autorenschaft aufzugeben und sich in den Bereich der Mannschaftskunst zu begeben, also nur noch einer von vielen Faktoren des Endprodukts zu sein. Anderseits kann man sich schlecht verweigern, wenn gerade die Besten einem die Zusammenarbeit anbieten.

In diesem Zusammenhang möchten wir jenen Leuten ganz herzlich danken, ohne deren Hilfe und Zutun «C-Files: Tell Saga» nie oder zumindest nicht in dieser Form hätte entstehen können: Tobia Bezzola für das entgegengebrachte Vertrauen und die Einladung ins Kunsthaus Zürich, Jens Becker, der mir das Drehbuchschreiben beigebracht hat, John Irving für sein hervorragendes Drehbuch «The Ciderhouse Roules», das mir beim Schreiben immer ein Gradmesser war, Helmut Krausser für literarische Inspiration, unseren beiden Kameramännern Tonio Krüger und Valentin Jeck für die tollen Bilder, Reto Waser für den ausgezeichneten Schnitt, Manuel Stagars für die bombastische Musik, Matthias Fankhauser für das einfühlsame Schauspielcoaching, Stefan Rohner und Leo Boesinger für die stimmungsvollen Fotos, Georg Rutishauser für die Produktion unserer Publikationen und Can Asan für die hervorragende Grafik und Bildbearbeitung sowie allen Schauspielern und den anderen Crewmitgliedern von «C-Files: Tell Saga» für ihren grossen Einsatz.

Ganz speziell möchten wir aber unseren beiden Lebenspartnerinnen Gilgi Guggenheim und Tabea Guhl danken für all die Geduld und Unterstützung, die sie uns entgegengebracht haben.

*Johannes M. Hedinger / COM & COM*
*Zürich, im September 2000*

# Drehbuch

*Prolog*

*Restaurant/Bar in Zürich. Innen. Abend.*

Einige Gäste singen «Happy Birthday», eine kleine Torte mit brennenden Wunderkerzen wird an den Tisch von Hedinger und Gossolt gebracht.

*Hedinger* (erstaunt): Ich wusste gar nicht, dass du Geburtstag hast …

Gossolt verzieht sein Gesicht und sieht vorwurfsvoll zu Hedinger.

*Hedinger* (zuckt mit den Schultern): Ich bin genauso überrascht wie du, echt! … Na ja. Ich hab' da noch etwas für dich.

Hedinger greift in die Jacketttasche und streckt Gossolt ein kleines Päckchen entgegen.

*Gossolt* (gespielt entrüstet): … Jetzt hör aber auf, Hedinger!

*Hedinger:* Ach, es ist nur etwas, das mich an dich erinnert hat.

*Gossolt:* Was denn? Ein ausserirdisches Implantat, … ein vertrockneter Frosch?

*Hedinger* (lächelt): Gar nicht so schlecht …

Gossolt öffnet das Geschenk: Eine grosse Gedenkmünze mit dem Konterfei von Wilhelm Tell.

*Gossolt:* Aha! …

*Hedinger* (ungeduldig): Dreh' sie doch einmal um …

Gossolt dreht die Münze um. Man sieht die Gravur der Rückseite (gross).

*Gossolt* (liest vor, theatralisch): «Wilhelm Tell – Schweizer Freiheitsheld – er kämpfte für die Freiheit und sein Vaterland» … – Ich bin gerührt …

Eine junge Frau tritt an den Tisch von Hedinger und Gossolt. Sie scheint ziemlich verzweifelt.

*Frau:* Sind Sie Hedinger und Gossolt?

*Gossolt* (zu Hedinger): Versprichst du mir, dass das hier jetzt nicht richtig peinlich wird?

Hedinger zuckt ahnungslos die Schultern.

*Frau:* Man hat mich zu Ihnen geschickt. Bitte helfen Sie mir! … Aaaaah! …

Die Frau bricht zusammen. Hedinger und Gossolt blicken sich bestürzt an.

*Operationshalle. Innen.*

Gleissendes Licht. Unzählige Operationstische in einer Halle. Menschen verschiedenen Alters, Geschlechts und Rasse liegen, an Maschienen und Pumpen angeschlossen, auf den Tischen. Gestalten in Schutzanzügen beugen sich über sie.

*1. Tag*

*SBI, Basel, Büro von Bucher und Keller. Innen. Morgen.*

Agent Bucher und Agent Keller kommen in ihr Büro. Die Sekretärin reicht ihnen eine Notiz. Bucher überfliegt sie und reicht sie mit vielsagendem Blick an Keller weiter.

*Keller* (liest vor): Ihre Anwesenheit wird im SBI Hauptquartier in Bern verlangt. Melden Sie sich um 16 Uhr im Departement für Innere Sicherheit bei Direktor Bitterli.

*SBI Headquarters, Bern, Büro des Direktors des SBI.*
*Innen. Nachmittag.*

Bucher und Keller treten in einen gepflegten Konferenzraum. Zwei ältere Herren sitzen hinter einem schweren Holztisch und blicken die beiden Agentinnen mit durchdringenden Blicken an. Ein dritter, etwas jüngerer Mann steht rauchend in der Ecke.

*Bitterli:* Agent Bucher, Agent Keller. Schön, dass Sie so kurzfristig kommen konnten. Bitte setzen Sie sich.

Die Blicke von Keller und dem Raucher kreuzen sich. Der dritte Mann hinter dem Tisch blättert in einem Stapel Akten.

*Bitterli:* Sie sind nun beide schon etwas mehr als zwei Jahre bei uns.

*Keller und Bucher:* Jawohl.

*Bitterli:* Agent Bucher, Sie haben Medizin studiert, aber Sie … üben Ihren Beruf nicht aus. Wie sind Sie eigentlich zum Swiss Bureau of Investigation gekommen?

*Bucher:* Ich wurde vom SBI angeworben, als ich noch Medizin studierte.

*Bitterli:* … Und Sie, Agent Keller, wieso kamen Sie nach Ihrem Jus-Abschluss zu uns?

*Keller:* … Äh, … (schmunzelt) … meine Eltern hielten das immer für reine Opposition, aber ich sehe im SBI die Chance, mein Wissen weiterzuentwickeln.

*Mann 2:* Haben Sie schon mal etwas von den Agenten Hedinger und Gossolt gehört?

*Bucher:* Ja, durchaus.

*Mann 2:* Woher denn?

*Keller:* Ich habe mal was von ihnen gelesen … äh, Hedinger hat in Oxford Psychologie studiert, Gossolt war ein Quereinsteiger … Die beiden haben eine Abhandlung über Serienkiller und Okkultismus geschrieben. Damit haben sie die Überführung einiger Täter erleichtert. Unter Fachleuten gelten sie mittlerweile als das beste Analytikerduo von Gewaltverbrechen.

*Bucher:* Die Kollegen an der Akademie nannten sie nur noch ... mmh ... Spooky-Twins.

*Bitterli:* Sie wissen wahrscheinlich nicht, dass die beiden eine ziemlich zeitaufwendige Vorliebe für eines dieser Projekte entwickelt haben, die bei uns nebenher laufen. Vielleicht haben Sie schon mal von den C-Dossiers gehört.

*Keller:* Soweit ich weiss, haben sie mit unerklärlichen Phänomenen zu tun.

*Bitterli:* Mehr oder weniger. – Sie könnten sich und uns einen grossen Gefallen tun, indem Sie den beiden bei der Sichtung der Akten helfen. In Ihren Berichten beschreiben Sie bitte die Art Ihrer Aktivitäten und Ihre Beobachtungen über die Stichhaltigkeit der Resultate.

*Bucher:* Habe ich richtig verstanden, dass Sie von uns erwarten, Agent Hedinger und Gossolt zu überwachen?

*Bitterli:* Agent Bucher, Agent Keller, ... wir erwarten von Ihnen nicht mehr als eine wissenschaftliche Analyse. Nehmen Sie so schnell wie möglich Kontakt mit den beiden auf. Wir sind gespannt auf Ihre Berichte.

*SBI, Zürich, Büro von Hedinger und Gossolt (im Kellergeschoss). Innen. Abend.*

Bucher und Keller stehen vor dem Zimmer von Hedinger und Gossolt. Es befindet sich im Untergeschoss am Ende eines langen, von Lagerregalen gesäumten Ganges. Bucher klopft und stösst die angelehnte Tür auf.

*Hedinger:* Bedaure, niemand zu Hause, ausser die allseits unbeliebten Herren Hedinger und Gossolt.

Auch das Büro gleicht mehr einem Lagerraum. Vom Boden bis zur Decke Bücher, aus allen Regalen und Schränken quellen Aktenstapel, die Wände sind mit Hunderten von Fotos von unscharfen Motiven, Knochen, Zeichen, Tatorten, Opfern, Waffen etc. bedeckt. An der Wand über dem Schreibtisch hängt ein grosses Poster mit dem Matterhorn, das von zwei Ufos überflogen wird, darunter steht der Text: «WE WANT TO BELIEVE». Hedinger beugt sich über ein Dialeuchtpult, Gossolt hält ein Diapositiv gegen die Lampe.

*Keller* (stellt sich und Bucher vor): Agent Bucher – mein Name ist Keller ... Wir sind Ihnen zugeteilt worden, um Ihnen bei Ihrer Arbeit zu helfen.

*Gossolt* (zynisch): Na? Ist das nicht nett, plötzlich so hoch angesehen zu sein?

*Hedinger:* Was haben Sie ausgefressen, dass man Sie hierhin strafversetzt hat?

*Bucher:* Gar nichts, und wir freuen uns darauf, mit Ihnen arbeiten zu können. Wir haben schon viel von Ihnen gehört.

*Gossolt:* Ach, wirklich? ... Ich habe eher den Eindruck, dass man Sie hergeschickt hat, um uns auszuspionieren.

*Keller:* Falls Sie irgendwelche Zweifel an unseren Qualifikationen oder Zeugnissen haben ...

*Hedinger* (unterbricht): ... Sie sind Doktor des Rechts beziehungsweise (blickt zu Bucher) der Medizin und lehren als Gastdozentinnen an der Akademie, zuvor haben Sie beide Physik studiert ... (Hedinger zieht unter einem Stapel von Papieren ein Dossier hervor und liest vor:) Einsteins Doppelspalttheorie, eine Neuinterpretation von Evelyn Bucher und Martina Keller ... Sehr schön zu lesen. Also, das heisst schon was, sich mit Einstein zu messen.

*Bucher* (erstaunt): Sie haben es gelesen?

*Gossolt* (leicht spöttisch): Ja, … und wir fanden es gut. – Nur, … beim grössten Teil unserer Arbeit scheinen physikalische Gesetze kaum anwendbar zu sein.

Hedinger setzt ein Magazin in den Diaprojektor ein und löscht das Licht.

*Hedinger:* Aber vielleicht sagen Sie uns, Bucher, was Sie als Medizinerin hiervon halten.

Hedinger schaltet den Diaprojektor ein: Man sieht eine junge, nackte, leblose Frau auf einem Waldboden liegen.

*Gossolt:* … Eine junge Frau aus Altdorf im Kanton Uri, Alter 21, keine erklärbare Todesursache. Ein Sexualdelikt wird ausgeschlossen, … die Autopsie hat rein gar nichts ergeben.

Das nächste Dia zeigt den Nacken des Opfers.

*Hedinger:* Sie hatte aber diese deutlichen Einstiche im Nacken. Doktor Bucher, wissen Sie vielleicht, woher diese Male stammen könnten?

*Bucher:* Nadelstiche vielleicht, … der Biss eines Tieres, … eventuell die Folgen eines Stromschlages …

Hedinger schaltet zum nächsten Dia. Eine chemische Formel.

*Gossolt:* Wie gut sind Sie in Chemie? Diese Substanz hat man im umgebenden Gewebe gefunden.

*Bucher:* Sie ist organisch …

*Keller:* … möglicherweise ein synthetisches Protein?

*Gossolt:* Mag sein. – Ich hab das auch noch nie zuvor gesehen. (Wechselt das Dia.) … Aber hier sind die Male wieder: vor drei Jahren in Bürglen (wechselt das Dia) … und auch hier: Flüelen.

*Keller:* Haben Sie eine Theorie?

*Hedinger:* Wir haben massenhaft Theorien … Vielleicht könnten Sie mir aber erklären, warum das SBI solche Fälle normalerweise als unerklärte Phänomene etikettiert und dann ignoriert.

*Gossolt* (zieht die Augenbrauen hoch): Glauben Sie vielleicht an die Existenz von Ausserirdischen?

*Keller:* … Streng logisch gesehen, müsste ich wohl sagen nein.

Gossolt schliesst entnervt die Augen, während Hedinger nickt und süffisant lächelt.

*Keller* (fährt fort): Schon allein die riesigen Entfernungen, die im Weltraum zu überwinden sind, würden die Energiekapazität eines Raumschiffes bei weitem übersteigen.

*Hedinger:* Mmh …, konventionelle Weisheiten. – Wissen Sie, dass dieses Mädchen (zeigt auf das Diabild) schon das siebte Opfer aus dem Raum Vierwaldstättersee ist, das unter mysteriösen Umständen starb? Also, wenn uns die konventionelle Wissenschaft keine Antworten gibt – müssen wir uns dann nicht doch dem Phantastischen als Möglichkeit zuwenden?

*Bucher:* Sie ist ja offensichtlich an irgendetwas gestorben. Falls ein Virus den Tod verursacht hat, könnte das bei der Autopsie übersehen worden sein und falls sie ermordet wurde, ist es möglich, dass die Untersuchung schlampig durchgeführt wurde. – Die Antworten gibt es alle, die Frage ist nur, wo man sie findet.

*Gossolt* (kokett): … Jaaaa, … und deshalb arbeiten Sie auch als S-B-I-Agentinnen …

*Hedinger:* … Wir sehen uns morgen früh, Ladys! Sehr früh sogar … Wir treffen uns um 8 Uhr in der Garage … und machen eine hübsche Reise an den Vierwaldstättersee.

Hedinger wendet sich wieder der Arbeit zu. Bucher und Keller sehen etwas verdutzt die beiden Agenten an.

*Keller:* Äh, … die Fälle sind doch schon mehrere Jahre alt …

*Gossolt:* Gestern wurde ein neues Opfer gefunden, …

und diesmal lebt es noch! Agent Bucher, Sie fahren mit Hedinger in die Klinik und sehen sich das Opfer an, Agent Keller begleitet mich zum Fundort. Also, bis morgen früh.

*2. Tag*

*Spital, Luzern. Innen. Morgen.*

Hedinger und Bucher treffen im Spital Luzern ein. Der isoliert in einem Einzelzimmer liegende Mann ist an diverse Maschinen angeschlossen und wird von mehreren Ärzten untersucht. Er ist eher kleinwüchsig, sehr stämmig gebaut, sieht urchig aus und weist einen sehr ausgeprägten Haarwuchs auf. Sein Atem geht nur schleppend und unregelmässig.

*Arzt:* Guten Tag, ich bin Doktor von Moos … Der Patient kann leider noch nicht vernommen werden. Wir müssen ihn noch eine Weile künstlich im Koma halten, bis sich seine Lage stabilisiert hat …

*Bucher:* Was fehlt ihm denn?

*Von Moos:* Auf den ersten Blick eigentlich gar nichts, er scheint aber irgendwie unter Schock zu stehen … – so etwas haben wir noch nie gesehen …

*Bucher:* Was denn?

*Von Moos:* Dieser ungewöhnliche Körperbau, diese Schädelform, der Haarwuchs, der Kieferbau, … also, wenn ich etwas verrückt wäre, würde ich sagen, der kommt aus dem Mittelalter …

*Bucher:* Wurde schon eine DNA-Strukturanalyse durchgeführt?

*Von Moos:* Ja, … die Resultate sollten wir jederzeit bekommen.

*Hedinger:* Könnten Sie nicht gleich auch einen Carbontest durchführen?

Bucher und der Arzt sehen Hedinger verdutzt an.

*Bucher:* Hedinger, ... wieso ein Carbontest? Bei einem Lebenden?

Hedinger zieht nur vielsagend die Augenbrauen hoch.

*Von Moos:* ... Und dann haben wir noch etwas sehr Eigenartiges in der Nase des Mannes gefunden. Sehen Sie ...

Zeigt auf Röntgenbilder des Kopfes. Ein kleiner fester Gegenstand ist zu erkennen. Der Arzt dirigiert die beiden Agenten weiter zu einem Mikroskop. Bucher blickt durch. Man sieht ein kleines Metallimplantat.

*Bucher:* Was ist das?

*Von Moos:* Das wissen wir auch noch nicht ...

*Hedinger* (der nun auch durch das Mikroskop geblickt hat): Sieht aus wie eine Art Mikrochip ... Können Sie uns umgehend informieren, wenn Sie dieses Ding analysiert haben?

Hedinger und Bucher stehen auf dem Krankenhausflur vor dem Zimmer des rätselhaften Mannes. Hedinger versucht vergeblich, Gossolt über sein Mobiltelefon zu erreichen.

*Hedinger* (zu Bucher): ... Hm, ich erreiche ihn immer noch nicht, komisch ... Können Sie es nochmals bei Keller versuchen?

*Bauernhof, Innerschweiz (13. Jhdt.). Innen. Tag.*

In einer alten Bauernstube sitzt ein fettleibiger, nackter Mann in einem mit Wasser gefüllten Bottich und grabscht nach der Bäuerin, die eben heisses Wasser aufgiesst. Die Frau will sich ihm entziehen und beginnt zu schreien, als er ihr an die Wäsche geht. Die Tür wird aufgerissen und ein stämmiger

Bauer stürmt herein. In der Hand hält er eine Axt und spaltet damit dem Mann im Bottich den Kopf. Die Frau schreit weiter und der Bauer flieht aus dem Haus.

*Im Auto, Strecke Luzern – Altdorf. Aussen. Mittag.*

Da sie noch immer keinen Kontakt zum zweiten Team herstellen konnten, fahren Hedinger und Bucher in ihrem dunklen Dienstwagen von Luzern aus ebenfalls nach Altdorf, dem Fundort des rätselhaften Mannes und der letzten Leiche.

*Bucher* (Ohr am Telefon, zu Hedinger): In der Zentrale haben sie sich auch nicht gemeldet.

Sie fahren an einem Schild vorbei, auf dem steht «Willkommen in Tells Heimat», daneben ein zweites Schild, das für die Spezialität der Region wirbt: «Apfel im Schlafrock».

*Hedinger* (weist auf das Schild): Sehen Sie, Bucher, wir kommen unserem Ziel näher.

*Bucher:* Sie haben gestern gar nicht erwähnt, dass dieser Fall bereits untersucht worden ist.

*Hedinger:* Ja, das SBI ist nach den ersten drei Todesfällen eingeschaltet worden, weil die hiesigen Beamten keine Beweise finden konnten. Unsere Männer verbrachten eine Woche damit, sich den vielgerühmten Apfel im Schlafrock einzuverleiben, den man am besten mit warmer Vanillesauce geniesst und für den es sich angeblich zu sterben lohnt. Aber dann wurden sie ohne Erklärung abberufen, der Fall wurde als geheim eingestuft und unter C abgelegt. Letzte Woche haben wir ihn wieder ausgegraben.

*Bucher:* Und Sie fanden etwas, was sonst keiner gefunden hat? In den Autopsieberichten der ersten drei Opfer stand kein Wort von merkwürdigen Malen oder Geweben. Aber die sind auch von einem anderen Gerichtsmediziner unterzeichnet als beim jüngsten Opfer …

*Hedinger* (lächelt): Sie sind ziemlich gut, Bucher!

*Bucher:* Besser als Sie erwartet, oder besser als Sie gehofft hatten?

*Hedinger:* Das sage ich Ihnen, wenn wir den Leichenteil hinter uns haben.

*Bucher:* … Mmh, Sie haben also den Gerichtsmediziner im Verdacht …

*Hedinger:* Das kann ich erst nach der Öffnung des Grabes sagen. Ich habe veranlasst, eines der drei früheren Opfer zu obduzieren, um das Gewebe mit jenem der neusten Fälle zu vergleichen. Sie sind doch nicht etwa zimperlich oder so?

*Bucher:* Das Vergnügen hatte ich bisher noch nicht.

Sie fahren durch ein waldiges Stück. Plötzlich beginnt sich das Autoradio von selbst einzuschalten und wechselt ständig den Sender, auch die Borduhr beginnt verrückt zu spielen, ein Pfeifen ist in der Luft. Es wird immer lauter.

*Bucher:* Was ist denn jetzt los?

*Waldstrasse, Nähe Küssnacht. Aussen. Mittag.*

Hedinger stoppt den Wagen, steigt aus und sieht sich um.

*Hedinger:* Wir müssen die Stelle markieren.

Als er um den Wagen schreitet, stösst er aber bereits auf eine Markierung am Wegrand.

*Hedinger* (zu Bucher, die inzwischen auch ausgestiegen ist): Sehen Sie, das ist Gossolts Zeichen. Zumindest hier müssen Sie schon vorbeigekommen sein.

*Bucher* (sieht Hedinger verwirrt an): Was hat denn *das* zu bedeuten? (Zeigt auf das Kreuz am Boden.)

*Hedinger:* Ach, vermutlich gar nichts.

Sie wollen gerade wieder einsteigen, als sie den Wagen von Gossolt und Keller am Ende der Kurve stehen sehen. Sie eilen hin, doch der Wagen ist leer. Der Zündschlüssel steckt, … und noch seltsamer: Auf den Sitzen finden sie die Kleider der beiden Agenten, die Autogurten darüber montiert.

*Feld in der Nähe des Vierwaldstättersees (13. Jhdt.).*
*Aussen. Nachmittag.*

Später Nachmittag. Grossaufnahmen der Gesichter von Gossolt und Keller, die etwas benommen in das schräg einfallende Sonnenlicht blinzeln. Dann richten sie sich auf und man sieht, dass sie nackt sind. Verwundert und entsetzt sehen sie einander an.

*Keller:* Gossolt!

*Gossolt:* Keller? … Wollen Sie nicht etwas anziehen? …

*Keller* (bedeckt mit ihren Händen ihre Blösse, so gut es geht. Verzweifelt zu Gossolt): Was soll der Scheiss!

*Gossolt:* … Ich weiss es auch nicht, ehrlich!

*Keller:* Wir fuhren doch eben noch auf dieser Waldstrasse nach Altdorf, … und jetzt ist hier nur Wildnis … und diese Ruhe!

*Gossolt* (steht auf und sieht sich um): Mmh, der See da drüben könnte der Form nach schon der Vierwaldstättersee sein …

*Keller:* … Aber wo sind die Strassen, das Auto, die Stromleitungen … und, verdammt noch mal, unsere Kleider!

*Gossolt* (sieht sie von der Seite an): Also, Keller, ich weiss nicht, … steht Ihnen gut, wirklich.

*Keller:* Lüstling! Ihnen macht diese Situation wohl gar nichts aus, was?

*Gossolt:* Äh, …

Keller dreht sich entnervt und verzweifelt um.

*Gossolt:* Kommen Sie, wir werden dafür schon eine Erklärung finden.

*Keller* (weinerlich): Gossolt, ich will sofort weg von hier!

*Gossolt:* Okay, aber ... (Stockt.) Keller, waren Sie gut in Biologie? – Sehen Sie sich mal diese Flora an! Hier, diese Distelart müsste eigentlich seit rund 200 Jahren ausgestorben sein. (Zeigt auf die Blume.)

*Keller* (blickt über den See, konsterniert): ... Es ist der Vierwaldstättersee ...

*Gossolt:* ... Aber ohne Schiffe, ohne Schiller-Stein, ohne Axenstrasse, ohne Eisenbahnlinie ... (Pause, dann freudig:) Keller, ich glaube, wir sind in einer anderen Zeit!

*Keller* (nach einer kurzen Pause): Ich werde Sie jetzt nicht fragen, ob Sie das nochmals wiederholen könnten, weil ich weiss, dass Sie's tun würden.

*Gossolt:* Aber Keller! – Nochmals: Wenn uns die konventionelle Wissenschaft keine Antwort bietet, müssen wir uns am Ende nicht doch dem Phantastischen als Erklärungsmöglichkeit zuwenden?

*Keller* (zornig): Was *ich* phantastisch finde, ist die Idee, dass es irgendwelche Antworten geben könnte, die unwissenschaftlich sind.

*Gossolt* (lächelt und schickt sich an, aufzubrechen): Kommen Sie, es wird bald dunkel. Wir müssen uns etwas zum Anziehen und eine Unterkunft suchen.

*Keller* (stapft widerwillig hinter ihm her): Ach, wäre ich doch *nie* Ihnen zugeteilt worden!

*Gossolt:* Da! ... Sehen Sie! Ein Trampelpfad. Dem folgen wir jetzt.

*Keller* (zickig, leise): ... Und jetzt noch den Pfadfinder raushängen ...

Man sieht zwei nackte Menschen durch Felder schreiten. Der Weg führt sie zu einer Holzhütte auf einer kleinen Anhöhe, unter ihnen liegt der See und ein kleines Dorf.

*Altdorf. Aussen. Nachmittag.*

Hedinger und Bucher treffen in Altdorf ein. Sie fahren direkt zur Kirche. Dahinter liegt der Friedhof, wo die Grabarbeiten bereits in vollem Gang sind. Als die Agenten aussteigen, kommen zwei Männer auf sie zu.

*Mann:* Herr Hedinger, Aeschbacher vom Gerichtsmedizinischen Institut.

*Hedinger:* Das ist Agent Bucher, sie leitet die Post-mortem-Untersuchungen. (Sie begrüssen einander.) Wann können wir anfangen?

*Aeschbacher:* Es geht gleich los.

*Hedinger:* Okay, gut.

*Aeschbacher* (ruft seinen Leuten zu): Fangt an, Leute!

*Hedinger:* Wäre es möglich, die Untersuchungen in Ihrer Dorfklinik durchzuführen?

*Aeschbacher:* Wir haben schon einen Raum für Sie vorbereitet.

Ein weiterer Wagen fährt vor. Ein Mann steigt aus und ruft energisch den Agenten zu.

*Mann:* Entschuldigung! Augenblick! (Kommt näher.) Ich weiss nicht, was ich von Leuten wie Ihnen halten soll. Sie kommen einfach hierher und setzen sich über alle Vorschriften hinweg …

*Hedinger* (höflich): Tut mir Leid, wer sind Sie?

*Mann:* Ich bin Doktor Neumann, der Kantonsgerichtsmediziner.

*Hedinger:* Sind Sie nicht darüber informiert worden, dass wir vorhaben, das Grab zu öffnen?

*Neumann:* N-nein, … wir waren verreist …

*Hedinger:* Oh! So, … das beantwortet dann wohl auch die Frage, wieso ein anderer Arzt die letzte Autopsie durchgeführt hat. Wissen Sie nichts von den Gewebeproben, die bei dem Mädchen entnommen wurden?

*Neumann:* Was, … was wollen Sie mir denn hier unterstellen?

*Bucher:* Wir unterstellen Ihnen nicht das Geringste, … Doktor.

Hedinger und Bucher wenden sich zum Gehen. Neumann hält sie zurück.

*Neumann* (aufgebracht): Warten Sie, warten Sie! Ich finde doch. – Um mir etwas vorwerfen zu können, müssen Sie schon hieb- und stichfeste Beweise haben.

Neumann flucht noch etwas, wendet sich ab und geht zu seinem Wagen zurück.

*Hedinger* (zu Bucher): Der hätte vielleicht noch länger Urlaub machen sollen.

Inzwischen ist das Grab ausgehoben und der Kran beginnt den Sarg zu heben. Bucher liest aus den Akten vor.

*Bucher* (zu Hedinger): Stefan Guggenbühl war das dritte ähnliche Opfer, 20 Jahre, guter Sportler …

*Hedinger:* Lesen Sie mal vor, woran er starb.

*Bucher:* … starb an Unterkühlung. Man fand seine Leiche im Wald.

*Hedinger:* Es war Juli, Bucher. Wie kann ein 20 Jahre junger, gesunder Mann in einer warmen Sommernacht an Unterkühlung sterben?

Der Sarg scheint irgendwo festzuhängen. Der Zugriemen des kleinen Krans ist zum Zerreissen gespannt. Alle erstarren, als der Riemen reisst. Der Sarg kracht auf den Boden, rutscht den kleinen Hügel herunter, bis ein bemooster Grabstein ihn bremst. Hedinger ist mit wenigen Schritten zur Stelle, Bucher und Aeschbacher halten sich dicht hinter ihm. Der Sargdeckel ist leicht aufgesprungen und Hedinger greift danach, um ihn ganz zu öffnen.

*Aeschbacher:* Äh, ... das ist sonst nicht das übliche Prozedere ...

*Hedinger:* Ach, wirklich?

Hedinger hebt den Deckel. Grossaufnahmen von den entsetzten Gesichtern (Hedinger, Bucher, Aeschbacher), dann einen kurzen Blick in den Sarg: Auf weisse Seide gebettet liegt ein kleines, knorriges, nicht wirklich menschlich aussehendes Wesen.

*Hedinger:* Ich möchte wetten, dass aus Stefan Guggenbühl nie ein guter Basketballer geworden wäre ...

Hedinger kann sich ein Grinsen über seinen eigenen Witz nicht verkneifen.

*Hedinger* (wieder ernst, zu Aeschbacher): Los, versiegeln! Niemand darf das sehen oder berühren! Niemand!

Bucher sieht Hedinger lange an. Sie hat dieses ruhige Grinsen von Hedinger langsam satt. Es ist das Lächeln eines Menschen, der mehr weiss als man selbst. Ein Lächeln, das geradezu nach Ärger schreit.

*Hütte bei Bürglen (13. Jhdt.). Aussen. Dämmerung.*

Gossolt und Keller kommen zur Hütte, klopfen an die Tür und rufen, aber nichts regt sich im Innern.

*Gossolt:* Bei uns wäre das nun Hausfriedensbruch ...

Er öffnet die Tür und betritt die niedrige Hütte.

*Keller* (noch draussen): Sehen Sie etwas?

*Gossolt:* Nur, dass niemand da ist. Kommen Sie rein.

Keller betritt ebenfalls die Hütte. Zwei nackte Menschen stehen in einer schlicht ausgestatteten Holzhütte, mit einer einfachen Feuerstelle, einem Holztisch, auf dem noch diverses Geschirr und Essen steht, in einer Ecke einige primitive Werkzeuge, Waffen und Felle. Weiter hinten im Raum führt eine Leiter in den Giebel, vermutlich zur Schlafstelle.

*Gossolt:* Sehen Sie mal da oben nach, ob Sie was zum Anziehen finden. Ich versuche hier Feuer zu machen. Es wird gleich dunkel sein.

Gossolt findet Feuersteine und versucht damit ein Feuer zu entfachen. Keller kommt mit einem Bündel Kleider zurück. Sie selbst trägt schon ein einfaches Bauernkleid.

*Keller* (streckt Gossolt die Kleider hin): Da, für Sie. Die neuste Frühjahrskollektion.

Gossolt zieht die Kleider an. Ein Leinen-Kapuzenhemd, ebensolche Hosen. Holzschuhe finden sie auch in der Hütte.

*Gossolt* (sieht an sich runter): Na ja, nicht gerade René Lezard, aber okay …

*Keller:* Wo mögen wohl die Bewohner dieser Hütte sein? Was, wenn sie uns hier vorfinden?

*Gossolt:* Ich glaube nicht, dass heute Nacht jemand kommen wird. Sehen Sie sich mal die Essensreste auf dem Tisch an. (Kamera auf die verschimmelten Essensreste auf dem Tisch.) Da hat seit mindestens drei Monaten niemand mehr gegessen … Aber es hat Essensvorräte, hier in dieser Kiste und dort in dem abgedeckten Erdloch (zeigt darauf) getrocknetes Fleisch, Früchte und noch ein paar andere Dinge, die ich allerdings nicht identifizieren konnte. – Keller, wollen Sie uns nicht ein köstliches Abendmahl zubereiten?

*Keller:* Macho!

*Gossolt:* … Und danach können wir zusammen auf das Fell ans Feuer liegen …

*Keller* (bleibt der Mund offen stehen): …

*Gossolt:* … Oder wissen Sie was Besseres, was wir hier tun könnten?

*Keller* (aufgebracht): Verdammt, Gossolt … Was geht hier eigentlich vor! Wie können Sie nur so ruhig sein! Was wissen Sie über diesen Ort? Und über die Opfer, die Male? Was soll das!

*Gossolt:* Wollen Sie meine Meinung in Ihren kleinen Bericht schreiben? Ich glaube nicht, dass Sie schon reif für unsere Gedanken sind.

*Keller:* Ich möchte diesen Fall lösen, Gossolt, und ich will weg von hier. Ich will die Wahrheit wissen.

*Gossolt:* Die Wahrheit? – Ich denke, wir sind entführt worden, genau wie die Opfer, die wir fanden. Ich denke, da besteht ein Zusammenhang.

*Keller:* Entführt von wem?

*Gossolt* (vielsagend): – Von *was!*

*Dorfklinik, Altdorf. Innen. Abend.*

Das merkwürdige Wesen liegt in einer Chromstahlschale auf dem Seziertisch. Agent Bucher trägt einen Ärztekittel, Schutzbrille und Mundschutz und untersucht das Wesen. Hedinger filmt die gesamten Vorgänge mit einer kleinen DV-Kamera.

*Hedinger* (während des Filmens, zu Bucher): … Das ist der absolute Wahnsinn! …Wissen Sie, was das bedeuten kann?

*Bucher* (ins Mikrofon ihres Diktiergeräts): Das Subjekt ist 156 Zentimeter gross (rollt Messband zusammen), wiegt zirka 52 Kilogramm, … je 3 Finger und 4 Zehen … Der Leichnam befindet sich in einem fortgeschrittenen Stadium der Verwesung.

Dazwischen mehrere Detailbilder des Wesens (aus der Perspektive von Hedinger).

*Bucher* (diktiert weiter): Ein auffälliges Merkmal sind die sehr grossen Augenhöhlen, und die Schädelform deutet darauf hin, dass es sich nicht um einen Menschen handelt.

*Hedinger:* Wenn es kein Mensch ist, was ist es dann?

*Bucher:* Eine verwandte Art ... Ich vermute, dass es ein Schimpanse, auf jeden Fall etwas aus der Affenfamilie ist. Möglicherweise ein Orang-Utan.

*Hedinger:* Wieso sollte dieser in Altdorf auf dem Friedhof liegen, und zudem noch im Grab von Stefan Guggenbühl? Versuchen Sie das den Einwohnern zu erklären, oder der Familie von Guggenbühl. – Ich brauche Gewebeproben, Röntgenbilder und eine Blutgruppenbestimmung, sowie eine vollständige genetische Auswertung.

*Bucher:* Ist das Ihr Ernst? (Doch sie weiss, wie überflüssig diese Frage war.)

*Hedinger* (salopp): Was wir hier nicht schaffen, geben wir in Auftrag.

*Bucher* (genervt): Sie halten dieses Wesen doch nicht wirklich für einen Ausserirdischen? Da hat sich jemand einen schlechten Scherz erlaubt!

*Hedinger:* Wir könnten doch den grössten Teil der Arbeit hier erledigen. Die Röntgenaufnahmen könnten wir sofort anfertigen. Ich habe uns bereits Zimmer in einer Pension in der Nähe reservieren lassen.

Bucher blickt Hedinger lang und betroffen an, atmet hörbar tief durch.

*Hedinger:* Ich bin nicht verrückt, Bucher. Ich habe dieselben Zweifel wie Sie.

*Pension «Drei Eidgenossen» in Flüelen, Zimmer Bucher. Innen. Nacht.*

Bucher im Hotelzimmer auf ihrem Bett mit ihrem Laptop. Sie hört sich die Tonbandaufzeichnungen der Autopsie an und verfasst dazu ihren Bericht. Die Kamera schwenkt über die an die Nachttischlampe geheftete Röntgenaufnahme. Darauf sieht man eingekreist ein ähnliches Implantat, wie die Ärzte es schon in Luzern bei dem rätselhaften Mann gefunden hatten.

*Buchers Stimme* (ab Band): *Die Laboruntersuchungen und die Röntgenanalyse des Leichnams bestätigen eine möglicherweise mutierte Säugetierphysiognomie. Sie liefern jedoch keine Erklärung für die Existenz eines nicht identifizierten Gegenstandes, der in der Nasenhöhle des Wesens gefunden wurde …* (Kamera auf kleines Präparate-Röhrchen, worin man einen Metallgegenstand sieht.)

Bucher schaltet das Aufnahmegerät aus und sieht sich das Implantat nochmals genauer an. Plötzlich klopft es.

*Bucher:* … Wer ist da?

*Stimme* (Hedinger): Wilhelm Tell.

Bucher muss lächeln, geht zur Tür und öffnet sie. Hedinger, in Sportdress, bleibt in der Tür stehen.

*Hedinger:* Weil ich nicht schlafen kann, gehe ich ein bisschen joggen. Wollen Sie mitkommen?

*Bucher:* Danke, verzichte!

*Hedinger:* Wissen Sie schon, was das kleine Ding in Guggenbühls Nase sein könnte?

*Bucher:* Nein, und auch die Leute aus Luzern konnten es bislang keinem auf der Erde bekannten Metall zuordnen. Aber mich bringt das nicht um den Schlaf, … gute Nacht.

Bucher schliesst die Türe, kehrt zu den Röntgenaufnahmen zurück und sieht sie an. Da geht plötzlich das Licht aus.

*Bucher:* Na, grossartig.
Mit einer Kerze geht sie ins Bad, stellt die Dusche an und beginnt sich auszuziehen. Dabei sieht sie sich im Spiegel an. Plötzlich versteinert sich ihr Blick. Sie hat etwas an ihrem Rücken ertastet. Die Kamera zeigt Buchers Gesicht, ihre Augen weiten sich, die Angst steht ihr ins Gesicht geschrieben.

*Pension, Zimmer Hedinger. Innen. Nacht.*

Hedinger öffnet die Tür. Bucher steht im Morgenmantel davor.

*Hedinger* (erstaunt): Sie? Wollen Sie doch mit zum Joggen?

*Bucher* (verzweifelt): Ich möchte, dass Sie sich etwas ansehen.

*Hedinger* (erstaunt, beruhigend): Kommen Sie rein.

Bucher zieht vor Hedinger ihren Bademantel aus, kehrt ihm den Rücken zu und blickt ihn ängstlich fragend an. Hedinger bückt sich, kommt mit einer Kerze näher und sieht sich ihren Rücken an.

*Bucher:* Was ist das? (Hysterischer:) Hedinger, *was ist das?*

An Buchers Rücken befinden sich ähnliche Male, wie man sie bei den letzten Opfern im aktuellen Fall vorgefunden hat. Nur liegen sie etwas tiefer, und es sind mehrere …

*Hedinger* (konzentriert): … Ich würde sagen (lächelt) … Mückenstiche.

*Bucher:* Sind Sie sicher?

*Hedinger* (lächelt): … Ja, mich haben sie auch ganz schön zerstochen.

Bucher zieht den Bademantel wieder an und wirft sich erschöpft an Hedingers Schulter. Eine gewisse Unsicherheit bleibt, auch bei Hedinger.

*Hedinger:* Alles klar?

*Bucher* (zaghaft): Ich denke schon …
*Hedinger:* Sie zittern ja.
*Bucher:* Ich muss mich hinsetzen.
*Hedinger:* Beruhigen Sie sich erst einmal.

*Hütte bei Bürglen (13. Jhdt.). Innen. Nacht.*

Keller und Gossolt stehen in der Hütte. Inzwischen lodert ein lustiges Feuerchen in der Feuerstelle und ein schlichtes Abendmahl steht auf dem Tisch.

*Keller* (verärgert, lauter werdend): Sie glauben doch nicht allen Ernstes, dass wir von einer fliegenden Untertasse entführt worden sind! Das ist doch verrückt, Gossolt, … und dürfte sich äusserst schwierig beweisen lassen!

*Gossolt:* Jedenfalls nicht wissenschaftlich, meinen Sie. Aber es gibt auch noch Wurmlöcher, rotierende Zylinder oder kosmische Bänder – alle verbiegen sie die Zeit …

*Keller:* Gossolt!

Gossolt sieht Keller an, die sich nicht länger beherrschen kann.

*Keller* (verzweifelt, bricht in Tränen aus): Ach, ich bin einfach fertig! (Wirft sich an seine Schulter.) … Ich will einfach weg von hier!

*Pension, Zimmer Hedinger. Innen. Nacht.*

Bucher liegt auf dem Bett von Hedinger, mit einer Decke halb zugedeckt.

*Hedinger* (aus dem Off): *Ich war 17, als es passiert ist, meine Schwester Anna wurde gerade 16. Eines Nachts war sie aus ihrem Bett verschwunden, sie war weg, einfach so, keine Nachricht, keine Anrufe, keine Hinweise irgendwelcher Art.*

Langsamer Rückzoom. Hedinger sitzt am Boden neben dem Bett. Kühles Neonlicht von der Strassenlampe ausserhalb, auf dem Nachttisch die Kerze als einzige Lichtquelle im Raum.

*Bucher:* Sie haben sie nie wieder gefunden?

*Hedinger:* Es hat die Familie zerrissen. Niemand hat darüber gesprochen … – Es gab nicht den leisesten Funken Hoffnung, dass sie noch am Leben war.

*Bucher:* Und was haben Sie dann getan?

*Hedinger:* Kurz danach haben sich meine Eltern getrennt. Mutter kam nie darüber hinweg. Mein Vater – er arbeitete für die Regierung – ist vor vier Jahren an einem Schlaganfall gestorben … Ich ging nach dem Gymnasium nach England. Als ich wieder zurück war, hat mich das SBI angeworben. Ich habe anscheinend einen guten Riecher dafür, wie man Verhaltensmuster auf Kriminalfälle anwendet. Und mit der Zeit durfte ich auch meinen eigenen Interessen nachgehen. Auf die C-Akten stiess ich ganz zufällig. Später habe ich dann Gossolt hinzugezogen.

*Hütte bei Bürglen (13. Jhdt.). Innen. Nacht.*

Keller und Gossolt sitzen auf dem Fell vor dem Feuer. Das warme Licht des Feuers spielt auf ihren Gesichtern. Gossolt stochert mit einem Spiess im Feuer herum, Keller lehnt ihren Kopf an seine Schulter.

*Gossolt* (nachdenklich): Anna war einfach alles für mich! Stellen Sie sich das einmal vor: Zuerst verliert man seine Eltern bei einem Verkehrsunfall, und wenig später verschwindet die Freundin, einfach so … – (blickt in die Ferne) – ich warte noch immer auf sie. Ich hab' den Glauben noch immer nicht verloren, Anna eines Tages wieder zu sehen …

*Keller* (nach längerem Schweigen): ... Was für einen Beruf hatte Ihr Vater?
*Gossolt:* Mein Vater war ein erfolgreicher und ziemlich bekannter Physiker. Er arbeitete für die Rüstungsindustrie und hatte dadurch auch viele Feinde. Unser Verhältnis war nicht das beste. Eigentlich sollte ich in seine Fussstapfen treten, doch ich interessierte mich viel mehr für die Welt der Historie und Mythologie. Der Zoff war vorprogrammiert, ich zog dann auch schon früh aus und studierte in Zürich und Basel Geschichte, Archäologie und Ältere Deutsche Literatur.
*Keller:* Und wie kamen Sie schliesslich zum SBI?
*Gossolt:* Hedinger rief mich eines Tages an. – Er arbeitete damals schon über ein Jahr beim SBI. – Er entdeckte dort die C-Akten und sah darin eine neue Spur auf der Suche nach unserer verschollenen Anna. – Fragen Sie nicht wie, aber er hat es fertig gebracht, den Verantwortlichen klarzumachen, dass er mich als Partner braucht.
*Keller:* Und seit wann arbeiten Sie nun gemeinsam an den C-Akten?
*Gossolt:* Seit etwa einem halben Jahr.
*Keller:* Und man hat Sie da einfach rangelassen?
*Gossolt:* Na, zuerst sah das aus wie eine Abfalldeponie für Fälle von gesichteten Ufos und die üblichen Meldungen über Ausserirdische. Also genau das, was die meisten als absurd und lächerlich abtun. Aber wir waren total fasziniert und lasen alle Akten, die uns in die Finger kamen. ... Wir erfuhren vieles über paranormale Phänomene und Okkultismus und ... (Gossolt stoppt.)
*Keller:* Was ist?
*Gossolt:* Es hat da noch geheime Regierungsinformationen gegeben, die wir auswerten wollten, aber man verwehrte uns den Zugang dazu.

*Keller:* Wer denn? Das verstehe ich nicht.
*Gossolt:* Jemand, der offenbar sehr viel Einfluss hat. Wir durften nur deshalb unsere Arbeit fortsetzen, weil uns einige Leute im Kongress wohlgesonnen sind.
*Keller:* Und wovor haben die Angst? Dass Sie das nicht geheim halten können?
*Gossolt:* Das müssten *Sie* eigentlich viel genauer wissen als ich.
*Keller:* Ich habe überhaupt keine Ahnung von diesen Dingen! Ich bitte Sie, vertrauen Sie mir! Ich habe das gleiche Interesse wie Sie – diesen Fall zu lösen!

*Pension, Zimmer Hedinger. Innen. Nacht.*

Hedinger rückt näher zu Bucher.
*Hedinger:* Ich bitte Sie, Bucher, hören Sie mir jetzt ganz ruhig zu. Ich muss Ihnen etwas erzählen. Seit meiner Studienzeit habe ich sehr engen Kontakt zu einem gewissen Doktor Zelger. Der hat mich (Kamera zoomt langsam auf sein Gesicht zu) durch die Tiefenregressionshypnose geführt. Ich konnte in meinen unterdrückten Erinnerungen zurückgehen bis zu jener Nacht, in der meine Schwester verschwunden war. Ich kann mich erinnern, dass draussen ein sehr helles Licht war und dass etwas in unser Zimmer kam. Ich war paralysiert. Es war nicht möglich, meiner Schwester irgendwie zu helfen. – Glauben Sie mir, Bucher! Solche Dinge passieren tatsächlich!
*Bucher:* … Aber woher …
*Hedinger* (fällt ihr ins Wort): Die Regierung weiss Bescheid. Bucher, die verbergen etwas – der ganze andere Mist interessiert mich nicht! – Und so nah wie jetzt war ich noch nie dran, es zu erfahren …

Jäh wird das Gespräch durch das Piepsen von Hedingers Mobiltelefon unterbrochen. Hedinger nimmt den Anruf entgegen.

*Hedinger:* … Ja, … sicher, … wir sind schon unterwegs. (Zu Bucher:) Bucher, es geht los. Der Mann im Luzerner Spital ist aus dem Koma erwacht …

*Im Auto, Strecke Altdorf–Luzern. Aussen. Nacht.*

Hedinger und Bucher im Auto auf dem Weg nach Luzern. Draussen regnet es in Strömen.

*Hedinger* (gähnt und blickt auf die Uhr): Verdammt früh … 5 Uhr 03.

Die Kameraeinstellung zeigt Hedingers Armbanduhr, auf der 5 Uhr 03 zu lesen ist.

*Bucher:* Sehen Sie nur, die Borduhr spielt wieder total verrückt!

Die digitale Borduhr wechselt ständig ihre Zeit. Hedinger blickt durch die Frontscheibe nach oben, dann zieht er seinen Kompass aus der Jackentasche. Dessen Nadel dreht sich dauernd und kann kein festes Gravitationsfeld finden. Hedinger blickt wieder durch die Frontscheibe in die Höhe, scheint etwas zu suchen.

*Hedinger:* … Hm! …

*Bucher:* Alles klar, Hedinger?

*Hedinger:* … Ja, aber …

Ein heller Blitz zerreisst das Bild. Die Bewegungen werden verlangsamt und verzerrt. Dann kommt das Auto im Dunkeln zu stehen. Der Motor ist aus. Hedinger versucht sofort den Wagen wieder zu starten, doch der Anlasser scheint blockiert, die gesamte Elektronik funktioniert nicht.

*Bucher:* … Was ist passiert?

*Hedinger:* Er springt nicht mehr an. Der Motor ist einfach ausgegangen.

Hedinger blickt wieder auf die Uhr. Die Kamera ist auf seine Uhr gerichtet, die 5 Uhr 12 anzeigt.

*Hedinger* (ruft freudig, enthusiastisch): Wir haben 9 Minuten verloren!

*Waldstrasse, Nähe Küssnacht. Aussen. Nacht.*

Hedinger hüpft aus dem Wagen in den Regen und lacht. Bucher steigt zögernd ebenfalls aus. Sie versteht Hedingers freudige Erregung nicht. Beide stehen sie im strömenden Regen.

*Bucher* (irritiert): Wir haben *was* verloren?

*Hedinger* (freudig): 9 Minuten! Als ich unmittelbar vor dem Blitz auf meine Uhr blickte, war es 3 Minuten nach 5 und jetzt ist es genau 5 Uhr 12!

Hedinger rennt vom Auto weg (in Fahrt- und Kamerarichtung), Bucher hinter ihm her.

*Hedinger* (ruft): Sehen Sie!

Zirka 20 Meter vor dem Auto treffen sie auf die rote Kreuzmarkierung auf dem Boden.

*Hedinger* (lacht): Sehen Sie nur! (Hedinger steht mitten auf das Kreuz und hebt triumphierend die Hände in die Höhe.) Oh ja! Begreifen Sie das nicht? Bisher haben alle Menschen, die von Ufos entführt worden sind berichtet, dass sie Zeit verloren haben!

*Bucher* (wendet sich genervt ab): … Ach, kommen Sie!

*Hedinger:* Doch! Das sagen alle!

*Bucher* (verärgert): So ein Blödsinn! … Sie sind also der Ansicht, wir hätten Zeit verloren? Aber die Zeit kann nicht verschwinden. Sie ist eine allgemeine, unveränderliche …

In diesem Augenblick gehen hinter ihnen – ohne ihr Zutun – die Lichter und der Motor ihres Wagens an. Bucher ist bestürzt, Hedinger fühlt sich bestätigt.

*Hedinger* (triumphierend): … Nicht an diesem Ort!

Beide eilen zum Wagen zurück.

*3. Tag*

*Ufer des Vierwaldstättersees (13. Jhdt.). Aussen. Vormittag.*

Am Morgen brechen Gossolt und Keller ins Dorf auf, um mehr über ihre ungewohnte Situation herauszufinden. Der Himmel beginnt sich zu verdunkeln, es scheint ein Gewitter aufzuziehen. Kurz vor dem Dorf – der Weg führt am See entlang – kommt ihnen ein verzweifelt schreiender Mann entgegengerannt. Sein Deutsch klingt ziemlich altmodisch.

*Mann:* Oh Fährmann, um Gottes willen, Euren Kahn!

*Gossolt:* Ich? Äh, … (sieht den Kahn am Ufer) … der ist nicht uns.

*Keller* (zu Gossolt): Gossolt, sehen Sie nur, er ist total erschöpft.

*Mann* (keuchend): Bindet los! Ihr rettet mich vom Tode! Setzt mich über!

*Gossolt:* Von wem werden Sie denn verfolgt?

*Mann:* Eilt, eilt. Ich bin's, der Baumgarten[1]. Sie sind mir dicht schon an den Fersen! Des Landvogts Reiter kommen hinter mir. Ich bin ein Mann des Todes, wenn sie mich greifen.

---

[1] In der hier vorliegenden Interpretation der Schweizer Gründungsgeschichte nach Schiller wird die Figur des Baumgarten mit jener des Melchtal verschmolzen.

*Keller* (zu Gossolt): … Passt der auch in Ihr Erklärungsmodell?

*Gossolt* (zu Baumgarten): Warum werden Sie denn von diesen Reitern verfolgt?

*Baumgarten:* Erst rettet mich, dann stehe ich Euch Rede.

*Gossolt:* Sie sind ja ganz mit Blut bedeckt, was ist geschehen?

*Baumgarten:* Des Kaisers Burgvogt, der auf Rossberg sass, der Wolfenschiessen, … (keucht) … *der* schadet nicht mehr, ich hab ihn erschlagen.

*Keller* (schluckt und zieht die Augenbrauen hoch): Was haben Sie getan?

*Baumgarten:* Was jeder freie Mann an meinem Platz! … Mein gutes Hausrecht hab' ich ausgeübt. Am Schänder meiner Ehr' und meines Weibes.

*Keller:* Hat dieser Vogt ihre Frau …

*Baumgarten:* Dass es sein bös Gelüsten nicht vollbracht, hat Gott und meine gute Axt verhütet.

*Gossolt* (nun auch etwas beunruhigt): Sie haben ihn mit der Axt …

*Baumgarten:* Ich hatte Holz gefällt im Wald, da kommt mein Weib gelaufen in der Angst des Todes: Der Burgvogt lieg' in meinem Haus, er hab' ihr anbefohlen, ihm ein Bad zu rüsten. Drauf hab' er Ungebührliches von ihr verlangt; sie sei entsprungen, mich zu suchen. Da lief ich frisch hinzu, so wie ich war, und mit der Axt hab' ich ihm's Bad gesegnet.

*Gossolt* (zu Keller): Irgendwie kommt mir die Geschichte verdammt bekannt vor …

Es fängt an zu donnern. Alle blicken besorgt zu den dunklen Wolken, dann auf den unruhigen See.

*Keller:* Ein schweres Unwetter ist im Anzug. Eine Seeüberquerung ist viel zu riskant.

*Baumgarten:* Heil'ger Gott! Ich kann nicht warten. Jeder Aufschub tötet!

*Gossolt* (zu Keller): Ich glaube, wir sollten ihm helfen – (Gossolt schaut Keller vielsagend an) und wie sagte schon Schiller: «Der brave Mann denkt an sich selbst zuletzt.»

*Baumgarten:* Danke, Tell!

*Keller:* Tell?

*Gossolt* (steigt ins Boot, zu Keller): Kommen Sie, Keller, wir schreiben soeben Geschichte!

*Baumgarten* (steigt ebenfalls ins Boot, zu Gossolt): Mein Retter seid Ihr, mein Engel, Tell! Es gibt nicht zwei wie Ihr im Land.

Gossolt stösst mit dem Ruder vom Steg ab. Nur kurz darauf erscheint am Ufer der Reitertrupp des Landvogts. Der erste Reiter steigt vom Pferd und flucht.

*Reiter:* Was seh' ich, Teufel! Er ist uns entwischt. – Das soll er uns büssen! (Zu den anderen Reitern:) Fallt in seine Herde und brennt seine Hütte nieder!

*Baumgarten* (der diese letzten Sätze mitbekommt, schlägt die Hände über seinem Kopf zusammen und klagt): Gerechtigkeit des Himmels, wann wird der Retter kommen diesem Lande?

Keller schüttelt nur noch ungläubig den Kopf, während Gossolt den Nauen über die Seeenge rudert. Am Ufer beobachtet ein Krüppel das ganze Geschehen.

*Spital, Luzern. Innen. Tag.*

Hedinger und Bucher warten schon den ganzen Morgen im Spital darauf, dass sie endlich den bärtigen Mann vernehmen können. Doch der ist noch vor ihrem Eintreffen wieder ins Koma gefallen und nicht ansprechbar. Sein Zimmer wird scharf

bewacht und von der Öffentlichkeit abgeschottet. Bei dem vor der Tür postierten Wachpersonal steht auch der Raucher.
Zwei Stunden später erwacht der Fremde endlich wieder. Er greift wild um sich und versucht sogleich das Bett zu verlassen. Mit einer tiefen Stimme ruft er unzusammenhängende Wörter.

*Bärtiger Mann:* … Erlasset mir den Schuss, hier nehmt dem Tell sein Herz! …

Als er dann beginnt, seine Infusionen herauszureissen, wird er von zwei Ärzten wieder ins Bett gedrückt und mit einer Spritze ruhig gestellt.

*Von Moos* (zu den Agenten): Tut mir Leid. Mehr gibt's zur Zeit nicht. Sie haben ja gesehen, wie er sich benommen hat. Also wenn Sie mich fragen: geistig hochgradig verwirrt. Erwarten Sie nicht zuviel von ihm. Ich rufe Sie an, sobald es ihm besser geht und er vernehmungsfähig ist.

Bucher und Hedinger verlassen das Spital.

*Bucher:* Das bringt uns auch nicht viel weiter.

*Hedinger:* Oh – ich finde schon …

*Bucher* (bestimmt): Nein, sagen Sie es nicht!

*Hedinger* (sagt es doch): Wenn das wirklich Tell ist, dann haben wir alle ein grosses Problem … – uns wird es vielleicht schon bald nicht mehr geben …

*Dorfplatz, Altdorf (13. Jhdt). Aussen. Mittag.*

Dorfplatz bei Altdorf. Auf einer Anhöhe im Hintergrund sieht man eine sich im Bau befindende Festung.

*Aufseher* (mit Peitsche, schlägt auf die Arbeiter ein): Nicht lang gefeiert … Die Mauersteine herbei, den Kalk, den Mörtel zugefahren! Wenn der Landvogt kommt, … dass er das Werk gewachsen sieht … – das schlendert wie die Schnecken!

Gossolt und Keller kommen ins Dorf und werden von den Bewohnern misstrauisch gemustert, doch einige grüssen Gossolt erneut mit «Tell».

*Keller:* Ich versteh' das nicht. Wieso meinen hier alle, dass Sie Tell sind? War das nicht nur eine Legende?

*Gossolt:* Scheint wohl nicht so, … nur, … wenn die glauben, dass ich Tell sei, haben Sie sich nicht auch schon gefragt, wo denn der richtige bleibt?

*Bauer 1* (tritt auf Gossolt zu): Hoi, Tell. Seid Ihr wieder im Dorfe? Eure Hütte stand leer genug. Doch wo ist die Hedwig und die Kinder? Und was habt Ihr für ein gspässig Weibsbild an Eurer Seite?

*Gossolt* (verwirrt, ringt um Worte): Oh, ich … wir waren auf einer langen Wanderung. Frau und Kinder sind noch hinter den Bergen und kommen Ende Sommer nach …

*Bauer 2:* … Und die da?

Einige Bäuerinnen stehen um Keller herum und betrachten sie misstrauisch, denn sie haben noch nie einen asiatischen Menschen gesehen.

*Gossolt:* Ah, die … äh … kommt ebenfalls von drüben, hinter den Bergen. Wir haben bei ihrem Mann wohnen können, … (Gossolt denkt nach) … und jetzt wollte sie mal unser Dorf besuchen.

*Bauer 2:* Tell, Ihr wisst, dass wir lieber unter unsereins bleiben. Wir haben schon Leid genug mit den Habsburgern. – Wieso trägt sie eigentlich der Hedwig ihre Kleider?

*Gossolt:* Oh, …

*Bauer 3* (kommt dazu): Seid gegrüsst Tell, schön dass Ihr wieder da seid. So können wir bald wieder auf die Jagd zusammen. Doch was habt Ihr nur mit Eurem prächtigen Bart gemacht. S'ischt ein Jammer. Ein richtiges Mannsbild trägt sein Kinnhaar lang, da wollen wir doch nichts Neues anfangen!

Gossolt versucht die Bauern loszuwerden und zieht Keller beiseite.

*Gossolt* (zu Keller, flüstert): Langsam dämmert es mir ... Wir haben letzte Nacht in der Hütte von Tell übernachtet, wir tragen seine Kleider, deswegen auch die ständige Verwechslung.

*Keller* (flüstert ebenfalls): Und offensichtlich müssen Sie ihm auch noch sehr ähnlich sehen. Aber, wenn es ihn nun wirklich gibt, wo ist er denn?

*Gossolt:* Das weiss ich auch nicht, aber am besten, wir kehren zur Hütte zurück und versuchen, es rauszufinden.

Die Agenten wollen sich gerade zum Gehen wenden, als unter Trommelklängen einige Soldaten ins Dorf marschiert kommen. Auf einer Stange tragen sie einen Hut mit sich.

*Ausrufer:* In des Kaisers Namen! Höret! Ihr seht diesen Hut, Männer von Uri! Aufrichten wird man ihn auf hoher Säule, mitten in Altdorf, an dem höchsten Ort, und dieses ist des Landvogts Will' und Meinung: Dem Hut soll gleiche Ehre wie ihm selbst geschehn, man soll ihn mit gebognem Knie und mit entblösstem Haupt verehren. Daran will der König den Gehorsam erkennen. Verfallen ist mit seinem Leib und Gut dem König, wer das Gebot verachtet.

Die Trommeln werden wieder geschlagen und die Soldaten ziehen ab. Der Krüppel, der die Rettungsaktion auf dem See beobachtet hat, tritt auf die beiden Agenten zu.

*Krüppel:* Nun wisset Ihr Bescheid.

*Gossolt:* Sagt, was ist der Name dieser Burg, die da eben gebaut wird?

*Krüppel:* Oh Herr, das ist die Zwing Uri. Wenn Ihr die Keller erst gesehn unter den Türmen! Ja, wer die bewohnt, der wird den Hahn nicht fürder krähen hören! Der Gessler liess noch keinen ziehen.

*Kerker in der Burg von Gessler, Sarnen (13. Jhdt.). Innen. Tag.*

Im Verlies findet gerade eine grausame Bestrafung statt. Der Vogt Gessler lässt den Vater von Baumgarten für den Zuber-Mord seines Sohnes blenden. Der Geblendete schreit fürchterlich (was nur der Zuschauer sieht: Der Vogt Gessler ist dieselbe Person wie der Raucher aus der Gegenwart).

*Tell-Hütte, Bürglen (13. Jhdt.). Aussen. Nachmittag.*

Gossolt und Keller steigen wieder zur Tell-Hütte empor.

*Gossolt:* Keller, ob Sie's glauben oder nicht: Wir befinden uns mitten in der Schweizer Gründungsgeschichte!

*Keller* (resigniert): … Und wenn wir nicht das Rütli erfinden, den Apfel abschiessen und den Gessler morden, wird es die Schweiz nie mehr geben, oder?

*Gossolt* (erstaunt): Keller, ist das eine Liebeserklärung?

*Keller* (immer noch resigniert): Sehen Sie es als das, was Sie wollen. Ich meinerseits weiss gar nicht mehr, woran ich glauben soll und was die Wirklichkeit ist.

Als die Agenten bei der Tell-Hütte ankommen, wartet die nächste Überraschung auf sie: Auf der Türschwelle steht ein kleiner schwarzer Junge.

*Keller* (bückt sich zu ihm): Hallo, wer bist denn du?

*Junge:* Hey, fuck Ma'am. Kann mir hier einer mal sagen, was eigentlich abgeht? Wir waren eben noch auf dieser öden Schulexkursion auf dem Rütli … und jetzt bin ich in dieser verfluchten Pampa.

*Gossolt* (kauert sich ebenfalls nieder): Das ist ja interessant. Wie heisst du, und woher kommst du?

*Junge:* Ich heisse David T. Macho, aber alle nennen mich Dave. Ich komme aus Zürich.

SBI Büro in Zürich: Die Agenten Hedinger (Johannes M. Hedinger) und Gossolt (Marcus Gossolt) führen die Agenten Keller (Martina Keller) und Bucher (Evelyn Bucher) in den aktuellen Fall ein.

Führen Regie und spielen die Hauptrollen: Johannes M. Hedinger und Marcus Gossolt von COM & COM *(eingekleidet von René Lezard).*

Johannes M. Hedinger und Marcus Gossolt vor der Kamera.

Johannes M. Hedinger und Marcus Gossolt besprechen mit Co-Star HR Giger seine Rolle als Orakel.

Paranormale Lichterscheinung im Wald nahe dem Rütli.

Regieanweisung auf der Bühne der Tell Freilichtspiele in Interlaken.

Die Agenten müssen in der Vergangenheit die Rolle von Wilhelm Tell und seiner Familie übernehmen: Agent Keller als Hedwig, Dave (Javier Halter) als Walther, Agent Gossolt als Wilhelm Tell.

Drehaufnahmen auf der Bühne der Tell Freilichtspiele in Interlaken: Einfall der Reiterei von Gessler.

Drehaufnahmen auf der Bühne der Tell Freilichtspiele in Interlaken: Marktszene.

Der Rütlischwur mit den Volksvertretern aus Uri, Schwyz und Unterwalden (Remo Schneider, Helmut Gossolt, Johannes Hedinger sen.).

Paranormale Lichterscheinung auf dem Vierwaldstättersee.

In Flüelen wird in einem Auto ein verpupptes Wesen gefunden.

Der in Altdorf exhumierte Körper wird in der Dorfklinik untersucht.

Der Raucher (Marcus C. Merz) leitet den Aufbau der neuen Herrenrasse. Er ist sowohl in der Gegenwart als auch in der Vergangenheit (dort als Gessler) der grosse Widersacher.

In einem Park bei Bürglen werden erneut drei Leichen gefunden.

SBI-BARRIER
DO NOT

Alle Leichen haben die gleichen Einstiche am Nacken.

Die Todesursache konnte nicht festgestellt werden. Die Autopsie hat rein gar nichts ergeben.

Agent Hedinger und Agent Bucher untersuchen eine der Leichen an ihrem Fundort, einem Bach bei Altdorf.

SBI-BARRIER
DO NOT CROSS
RIER

Der Raucher zwingt Agent Hedinger, auf einen Apfel auf dem Kopf von Agent Bucher zu schiessen.

Bucher kann es immer noch nicht verstehen, dass Hedinger auf sie schiessen konnte.

Drehpause auf dem Set der Tell Freilichtspiele in Interlaken.

Im Kerker der Burg von Gessler: Agent Gossolt wird von Agent Keller, die auf die Seite von Gessler (Raucher) übergelaufen ist, gefoltert.

Gerade noch rechtzeitig kann Anna (Gilgi Guggenheim) Agent Keller unschädlich machen und ihre alte Liebe Agent Gossolt retten.

Agent Hedinger bedroht den Raucher und will endlich die Wahrheit wissen: weshalb seine Schwester Anna entführt wurde und wieso sein Vater (Norbert Klassen) sterben musste.

Mister X (Sergio de Matos Cunha) treibt ein für alle Seiten undurchsichtiges Spiel.

Paranormale Lichterscheinung in der Hohlen Gasse.

Drehaufnahmen auf der Bühne der Tell Freilichtspiele in Interlaken.

Drehaufnahmen auf dem Flughafen Hasenstrick in Wald (ZH).

Obwohl die Akte geschlossen wurde, kämpfen die Agenten Hedinger und Gossolt weiter, um endlich die Wahrheit ans Licht zu bringen.

*Gossolt:* Wie alt bist du, und wann wurdest du geboren?

*Dave* (cool und stolz): Ich bin gerade 10 geworden, Jahrgang 2003. Meine Mutter ist Sängerin am Opernhaus, deswegen kamen wir überhaupt nach «Little Zurich».

Gossolt und Keller sehen sich vielsagend an. Also noch ein Zeittransfer!

*Gossolt:* Hör zu, wir sitzen genauso in der Scheisse wie du. Wir kommen auch von einem anderen Ort, oder besser gesagt: aus einer anderen Zeit. Das hört sich jetzt vielleicht etwas verrückt an, aber wir glauben, dass wir in eine andere Zeit transportiert wurden. Wir beide kommen ebenfalls aus Zürich, aber aus dem Jahre 2000, da warst du noch gar nicht geboren.

*Dave:* Mmh, ist ja schrill, … so was wie in «Terminator 4»? Eine interstellare Zeitreise?

*Gossolt:* Äh, … vermutlich so ähnlich. – Wir haben uns heute schon ein wenig in der Gegend umgesehen. Wir befinden uns aller Voraussicht nach in Altdorf am Ende des 13. Jahrhunderts, und so wie es aussieht, stehen wir kurz vor der Gründung der Urschweiz.

*Dave:* Wow!

*Gossolt:* Neben dem Problem, dass wir nicht wissen, wie wir hierher gekommen sind und wie wir wieder in unsere Zeit zurückkommen, gibt es auch noch ein historisch sehr relevantes Problem: Wilhelm Tell, dieser sagenumwobene Freiheitsheld, ist verschwunden.

*Dave:* Der Typ mit der Armbrust und dem Apfel?

*Gossolt:* Genau der. Es scheint ihn wirklich zu geben. Dies hier ist nämlich seine Hütte, und die Hose, die du dir angezogen hast, ist vermutlich von seinem Sohn.

*Dave:* Von Walter?

*Gossolt:* Hey, du scheinst die Geschichte sehr gut zu kennen. Hast du Schillers Drama gelesen?

*Dave:* Nö, aber das letztjährige «Game of the Year» basiert auf der «Tell Saga». Es ist eines meiner absoluten Lieblingsgames, voll abgedreht. Die Games von Com-Productions haben einfach die schärfste Bildgrafik und die coolsten Storys.

*Gossolt:* Gut, hör zu: Solange dieser wirkliche Tell nicht wieder auftaucht, müssen *wir* dafür sorgen, dass die Geschichte ihren Lauf nimmt, ansonsten …

*Dave* (fällt ihm ins Wort): … ist die Schweiz im Arsch und wir damit, alles klar, man. – Also, worauf warten wir noch: Ich spiel' den Jungen und du musst den Apfel von meinem Kopf schiessen. Alles klar, hab' ich im Spiel schon hundertmal gemacht.

Gossolt und Keller sehen erstaunt und verblüfft den aufgeweckten und forschen Jungen an.

*Dave:* Drinnen liegt ein solches Schiessding – was soll die Pause? Fang an zu üben!

*Vor der Hütte (13. Jhdt.). Aussen. Nachmittag.*

Gossolt macht mit der Armbrust erste Schiessübungen, die ziemlich ernüchternd ausfallen. Keiner der Pfeile trifft nur annähernd das Ziel.

*Keller* (witzelt): Ha, früh übt sich, wer ein Meister …

*Dave* (eifrig): Come on, … try it again!

Gossolt verfehlt erneut das Ziel, als gerade ein Bauer aus dem Dorf zur Hütte hochgestiegen kommt.

*Bauer:* Bei Gott, Tell! Habt Ihr das Schiessen in der Fern' verlernt? (Dann, als er den schwarzen Jungen sieht:) … Was ist denn *das* für ein teuflisch Kreatur! Mit was für Volk umgebet Ihr Euch! Ihr seid mir ungeheuer! Das ist nicht der Tell, wie wir ihn kennen und schätzen!

*Gossolt* (um eine Antwort ringend): ... Ich, äh, ... das ist der Sohn von der Frau (zeigt auf Keller) und meines Gastgebers hinter den Bergen, ... dort ist es immer Sommer. Die Sonne hat seine Haut verbrannt ...

*Bauer* (macht einen weiten Bogen um den Jungen): Ich trau' keinem Fremden. – Aber höret meine Nachricht: Der Walter Fürst sendet nach Euch. (Beginnt zu flüstern:) Er meint, wir könnten viel, wenn wir zusammenstünden. Drum schreiten wackere Leute aus Uri, Schwyz und Unterwalden heut' Nacht zusammen. Links am See, wenn man nach Brunnen fährt, dem Mythenstein grad' über, liegt eine Matte heimlich im Gehölz. Das Rütli heisst sie bei dem Volk der Hirten, weil dort die Waldung ausgereutet ward. Dort ist's, wo wir uns bei Nachtzeit still beraten. Dahin bringt jedes Land zehn vertraute Männer, die herzeinig sind. Dort wollen wir drei Länder, zum Schutz und Trutz zusammenstehn auf Tod und Leben.

*Gossolt:* Ihr könnt dem Walter Fürst mein Kommen melden.

*Spital, Luzern. Innen. Abend.*

Hedinger und Bucher sind immer noch im Spital. Hedinger bekommt einen Anruf. Sein bestürztes Gesicht verheisst nichts Gutes.

*Hedinger* (zu Bucher): ... Jemand hat das Autopsielabor in Altdorf zerstört und die Leiche gestohlen. – Bucher, wir müssen sofort nach Flüelen in unsere Pension, um die anderen Beweise zu sichern!

*Pension «Drei Eidgenossen» in Flüelen. Aussen. Nacht.*

Die Agenten fahren mit ihrem Auto vor die brennende Pension. Sie zeigen ihre Ausweise und überschreiten die Abschrankung.

*Hedinger:* SBI!

*Bucher* (bestürzt): Da verbrennt mein Computer!

*Hedinger:* Verdammt! … und auch alle Foto- und Filmaufnahmen!

Die Pension brennt lichterloh. Hedinger schliesst die Augen.

*Bucher:* Doktor Neumann hat von Anfang an medizinische Beweise unterschlagen. Er hat in seinen Autopsieberichten gelogen und … wer sonst hat wohl einen Grund, das Laboratorium zu verwüsten?

*Hedinger:* Warum wollen *die* die Beweise vernichten und warum haben sie den Leichnam gestohlen?

*Bucher:* Keine Ahnung …

*Hedinger:* Da fragt man sich doch, was in den anderen Gräbern ist …

*Friedhof von Altdorf. Aussen. Nacht.*

Es regnet wieder in Strömen. Hedinger und Bucher suchen auf dem Friedhof nach den Gräbern der anderen beiden Opfer, die hier begraben sind. Doch sie finden die beiden Gräber nur noch leer vor.

*Hedinger:* Die sind ja beide leer!

*Bucher:* Können Sie mir sagen, was hier vor sich geht?

*Hedinger:* Ich weiss es nicht … – aber ich ahne, wie sie weggebracht wurden: auf demselben Weg, wie der Leichnam aus der Klinik verschwand oder der Mann in Luzern zu uns kam.

Bucher blickt nur ungläubig.

*Hedinger:* Das passt wieder ins Bild einer Entführung durch Ausserirdische.
*Bucher:* Das soll ins Bild passen?
*Hedinger:* Ja, laut Bericht verschwand der Leichnam kurz nach 5 Uhr morgens aus der Klinik, also genau zur selben Zeit, als wir auf der Waldstrasse 9 Minuten verloren hatten. Ich denke, dass etwas passiert ist in diesen 9 Minuten. Ich denke, dass die Zeit – so wie wir sie kennen – stehen geblieben ist, und dass irgendetwas die Kontrolle darüber übernommen hat.
*Bucher* (lacht, leicht hysterisch): Und dieses Etwas hat auch Keller und Gossolt entführt?
*Hedinger:* Ich denke ja. Ihre Spur verliert sich an derselben Stelle, wo wir letzte Nacht die Zeit verloren haben.
*Bucher:* Hedinger, bitte! Und was haben die Male dabei für eine Bedeutung?
*Hedinger:* Ich vermute, diese Male stammen von irgendwelchen Tests, die mit den Opfern durchgeführt wurden. Und diese verursachen vielleicht so etwas wie eine genetische Mutation, was den Körper erklären würde, den wir ausgegraben haben.
*Bucher* (schüttelt den Kopf): Ha, Hedinger! – Was machen wir noch hier? Ich brauch' einen Kaffee.

*24-Stunden-Tankstelle / Restaurant in der Nähe von Altdorf. Innen. Nacht.*

Hedinger und Bucher sitzen in einem grell beleuchteten Lokal, vor ihnen dampft in Pappbechern Kaffee. Sie sehen niedergeschlagen aus, all ihre Forschungsergebnisse wurden vernichtet und es fehlt jegliche Spur. Ein kleines Mädchen betritt das Restaurant und kommt an den Tisch der beiden Agenten.

*Mädchen:* Sind Sie Agent Hedinger? Ich muss Ihnen diesen Umschlag übergeben.

Daraufhin rennt das Mädchen wieder aus dem Lokal. Hedinger und Bucher sehen sich fragend an. Hedinger öffnet den Brief. Die Gedenkmünze, die Hedinger Gossolt vor einigen Tagen zum Geburtstag geschenkt hat, fällt heraus. Auf der beiliegenden Notiz steht: «Stellen Sie sofort alle Ermittlungen ein.»

*Hedinger:* Eine Drohung! Die haben Keller und Gossolt in ihrer Gewalt.

*Bucher:* Wer sind *die?*

*Hedinger:* Ich weiss es nicht … Ich weiss nur, dass ich noch lange nicht aufgeben werde!

Hedinger greift zum Mobiltelefon und beginnt eine SMS-Nachricht zu tippen.

*Bucher:* Wem schreiben Sie?

*Hedinger:* Jemandem, den ich nicht kenne, der mir aber schon viele wertvolle Tipps gegeben hat, wenn ich einmal in einem Fall nicht mehr weitergekommen bin. Ich nenne ihn den «Mentor». Seit etwa vier Jahren versorgt er mich mit Insiderinformationen. Vielleicht ist es jemand aus der Regierung, vielleicht auch jemand vom SBI. Jedenfalls muss es jemand sein, der daran interessiert ist, dass die Wahrheit ans Licht kommt. Persönlich habe ich ihn noch nie getroffen.

Wenig später kommt per SMS die Nachricht des Mentors: «KLOSTER ST. URBAN, 03.00 UHR.»

*Rütli (13. Jhdt.). Aussen. Nacht.*

Eine Wiese, umgeben von hohen Felsen und Wald. Im Hintergrund sieht man den See, über dem sich ein Mondregenbogen bildet. Auf der Wiese lodert ein Feuer. Rund dreissig

Männer aus Uri, Schwyz und Unterwalden stehen um das Feuer, die Hände auf ihre Schwerter gestützt. Unter ihnen auch Gossolt.

*Rösselmann* (der Pfarrer): Hört, was mir Gott ins Herz gibt, Eidgenossen! Wir stehen hier statt einer Landsgemeinde und können gelten für ein ganzes Volk: So lasst uns tagen nach den alten Bräuchen des Lands, wie wir's in ruhigen Zeiten pflegen. Was ungesetzlich ist in der Versammlung, entschuldige die Not der Zeit. Doch Gott ist überall, wo man das Recht verwaltet, und unter seinem Himmel stehen wir.

*Baumgarten*[2] (der Anführer der Unterwaldner): Ist gleich die Zahl nicht voll, das Herz ist hier des ganzen Volks, die Besten sind zugegen.

*Walter Fürst* (der Anführer der Urner): Ich kann die Hand nicht auf die Bücher legen, so schwör' ich droben bei den ew'gen Sternen, dass ich mich nimmer will vom Recht entfernen. Was ist's, das die drei Völker des Gebirgs hier an des Sees unwirtlichen Gestade zusammenführte in der Geisterstunde? Was soll der Inhalt sein des neuen Bunds, den wir hier unterm Sternenhimmel stiften?

*Stauffacher* (der Anführer der Schwyzer): Wir stiften keinen neuen Bund, es ist ein uralt Bündnis nur von Väter Zeit, das wir erneuern! Wisset, Eidgenossen! Ob uns der See, ob uns die Berge scheiden und jedes Volk sich für sich selbst regiert, so sind wir *eines* Stammes doch und Bluts, und *eine* Heimat ist's, aus der wir zogen.

*Alle* (sich die Hände reichend): Wir sind *ein* Volk, und einig wollen wir handeln.

---

[2] In der vorliegenden Drehbuchversion werden die Figur des Baumgarten und des Melchtal in der Person von Baumgarten vereint. Baumgarten ersetzt Melchtal auch beim Rütlischwur.

*Baumgarten:* Wir haben diesen Boden uns erschaffen durch unsrer Hände Fleiss, den alten Wald, der sonst der Bären wilde Wohnung war, zu einem Sitz von Menschen umgewandelt.

*Walter Fürst:* Wir haben stets die Freiheit uns bewahrt. Nicht unter Fürsten bogen wir das Knie, freiwillig wählten wir den Schirm der Kaiser. Doch eine Grenze hat Tyrannenmacht: Wenn der Gedrückte nirgends Recht kann finden, wenn unerträglich wird die Last – greift er hinauf getrosten Mutes in den Himmel und holt herunter seine ew'gen Rechte.

*Stauffacher:* Zum letzten Mittel, wenn kein andres mehr verfangen will, ist uns das Schwert gegeben. Recht und Gerechtigkeit erwartet nicht mehr vom Kaiser! Helft euch selbst!

Alle haben die Hüte abgenommen und betrachten in stiller Andacht die sich über dem See erhebende Morgenröte.

*Rösselmann:* Bei diesem Licht, das uns zuerst begrüsst von allen Völkern, die tief unter uns schwer atmend wohnen in dem Qualm der Städte, lasst uns den Eid des neuen Bundes schwören: Wir wollen sein ein einzig Volk von Brüdern, in keiner Not uns trennen und Gefahr.

Alle sprechen es mit erhobenen drei Fingern nach.

*Rösselmann:* Wir wollen frei sein, wie die Väter waren, ehe der Tod, als in der Knechtschaft leben.

Alle sprechen es mit erhobenen drei Fingern nach.

*Rösselmann:* Wir wollen trauen auf den höchsten Gott und uns nicht fürchten vor der Macht der Menschen.

Alle sprechen es mit erhobenen drei Fingern nach. Dann umarmen alle einander und jeder geht in seine Richtung davon. Das Rütli liegt nun verlassen da, die ersten Strahlen der aufgehenden Sonne klettern über das Eisgebirge und fallen auf den erwachenden See.

*Kloster St. Urban (Luzern), Beichtstuhl. Innen. Nacht.*

Hedinger trifft den Mentor im Beichtstuhl des Klosters St. Urban. Hedinger kann den Mentor nicht sehen. Sie sprechen durch eine Holzgitter-Trennwand.

*Hedinger:* Wer sind Sie?

*Mentor:* Alles, was ich Ihnen zur Zeit sagen kann, ist, dass Sie in Gefahr sind. Ich bin hier, um Sie zu warnen.

*Hedinger:* Wovor?

*Mentor:* Sie werden beobachtet, Hedinger.

*Hedinger:* Von wem?

*Mentor:* Von *ihnen.* – Ich weiss, wieso Sie hier sind. Ich weiss, was Sie machen, denken, glauben und weshalb Sie kaum schlafen; (flüstert) wieso Sie alleine wohnen und Nacht für Nacht vor Ihrem Computer sitzen. Sie suchen nach *ihnen.* Ich weiss es, ich war früher selbst auf der Suche. Als sie mich gefunden hatten, sagten sie, dass ich im Grunde nicht auf der Suche nach *ihnen,* sondern auf der Suche nach einer Antwort sei. Es ist die Frage, die uns keine Ruhe lässt. Es ist die Frage, die auch Sie hergeführt hat. Sie kennen die Frage, genau wie ich.

*Hedinger:* … Sind wir nicht alleine?

*Mentor:* Die Antwort ist irgendwo da draussen, Hedinger.

*Hedinger:* Verdammt, … sagen Sie mir endlich, was Sie wissen! Ich habe meine Schwester verloren und jetzt meinen Partner …

*Mentor:* Subtilität ist nicht gerade deren Stärke. Diese Männer haben möglicherweise auch Ihren Vater auf dem Gewissen und versuchen, Sie systematisch zu zerstören, indem sie alle Ihre Vertrauenspersonen gegen Sie beeinflussen oder sie Ihnen wegnehmen – und die Frage nach dem Warum erübrigt sich.

*Hedinger:* Weil ich der Wahrheit zu nahe gekommen bin.

*Mentor:* Nur so viel: Die Regierung und die katholische Kirche kollaborieren mit einer ausserirdischen Spezies ... Die Toten, die Sie gefunden haben, sind Entführungsopfer und Versuchspersonen von geheimen Tests, bei denen versucht wird, die Menschenrasse mit Ausserirdischen zu kreuzen. Das Ziel ist eine neue Herrenrasse, mit der die Erde nach dem Armageddon kolonisiert werden soll. Diese Tests laufen seit über dreissig Jahren. Es gibt Tausende von Testpersonen in der Bevölkerung, die davon gar nichts wissen. Ihre Schwester war eine von ihnen.
*Hedinger:* Sie ... lebt sie noch?
*Mentor:* Ich weiss es nicht ...
*Hedinger:* Wer hat ihr das angetan?
*Mentor:* Den Drahtzieher dieser Testreihe nennen sie den «Raucher». Seinen genauen Namen kennt niemand. Er sitzt sowohl in der Regierung, als auch im Kabinett der neuen «Macht». Sie werden ihm früher oder später sicher begegnen. Er beobachtet Sie schon lange. Der Raucher reist durch die Zeit und sucht in allen Jahrhunderten nach guten Genen für die perfekte Herrenrasse. Noch läuft dieser Sammelprozess. – Auch Ihr Vater hat vor seinem Tod für den Raucher gearbeitet.
*Hedinger:* ... Was wissen Sie über meinen Vater?
*Mentor:* Er wurde zur Kollaboration gezwungen. Als er realisierte, für welches Konsortium er da arbeitete, war es bereits zu spät. Sie nahmen seine Tochter – Ihre Schwester – als eine Art Versicherung, weil Ihr Vater drohte, das gesamte Projekt aufzudecken.
*Hedinger:* Warum sie? – Warum nicht ich?
*Mentor:* Das kann ich Ihnen nicht beantworten.
*Hedinger:* Hat dieser Mann aus Luzern, der meint, Tell zu sein, auch etwas mit dieser Gen-Suche zu tun?

*Mentor:* Ja. Aber dass er hier bei uns aufgetaucht ist, war nicht beabsichtigt. Fehler dieser Art wurden bisher immer sauber vertuscht und schnell beseitigt – bis Sie sich da festgebissen haben.

*Hedinger:* Was wissen Sie über den Verbleib meines Partners? Besteht da ebenfalls ein Zusammenhang?

*Mentor:* Sie fragen viel, Hedinger. Im Moment weiss ich noch nichts Genaues. Ich werde mich bei Ihnen melden, wenn ich mehr weiss. Sie müssen jetzt gehen.

Verstört steht Hedinger alleine in der mächtigen Kirchenhalle. Hedinger versteht die Welt nicht mehr, er kann das Gehörte kaum glauben. Er braucht Beweise.

*4. Tag*

*Dorfplatz, Altdorf (13. Jhdt.). Aussen. Vormittag.*

Gossolt geht mit Keller und Dave durch Altdorf. Einige Leute tuscheln noch immer hinter vorgehaltenen Händen, von anderen werden sie aber bereits freundlich gegrüsst. Keller flirtet etwas mit Gossolt.

*Keller* (leicht kokett): Ach, Gossolt, inzwischen gefällt es mir schon ganz gut hier. Immer frische Luft und Sie sind jetzt auch viel netter zu mir, schon fast erträglich …

Keller kneift Gossolt in die Seite und lächelt ihn süss an. Gossolt geht aber nicht auf ihr Werben ein und bleibt wie angewurzelt stehen. Dann dreht er sich um und sieht der jungen Frau nach, die sie soeben gekreuzt haben. Auch die junge Frau bleibt stehen und dreht sich um: Anna steht vor ihm! Gossolts erste Liebe und Hedingers entführte Schwester, die seit zehn Jahren als verschollen gilt. Beide sind verwirrt. Anna erkennt Gossolt nicht sofort.

*Gossolt:* Anna? … Anna, bist du es?
*Anna:* … Oh, ich, … wer sind Sie?
*Gossolt:* Ich bin's, Marcus! …
*Anna:* Marcus? …

Alles um sie herum scheint zu versinken, aber ein erstes Lächeln huscht über Annas Gesicht.

*Keller* (hüstelt): … Ich geh' mit Dave schon mal vor zur Hütte …

Keller verlässt die beiden etwas beleidigt (und neidisch?), sie nimmt Dave mit sich.

*Wohnung von Hedingers Mutter, Zürich. Innen. Nacht.*

Nach dem Treffen mit dem Mentor, noch mitten in der Nacht, sucht Hedinger seine Mutter auf und konfrontiert sie mit den neusten Informationen. Hedinger knipst das Licht an und setzt sich zu seiner Mutter ans Bett.

*Mutter* (verschlafen, erstaunt): Johannes?
*Hedinger* (ernst): Ja.
*Mutter:* Wie spät ist es?
*Hedinger:* Kurz nach 3 Uhr.
*Mutter* (verschlafen): Wieso hast du vorher nicht angerufen?
*Hedinger:* Ich wollte unter vier Augen mit dir reden. Ich brauche deine Hilfe und dein Erinnerungsvermögen. Ich muss unbedingt mehr über Vater wissen und die Leute, mit denen er zuletzt gearbeitet hat.
*Mutter:* Das ist alles schon so lange her …
*Hedinger:* Versuch' doch bitte, dich zu erinnern. Hat er je den Namen «Raucher» erwähnt?
*Mutter:* Ich habe keine Ahnung.
*Hedinger:* Dad hat für's Aussenministerium gearbeitet und ist oft weggefahren, wohin?

*Mutter:* Ich erinnere mich nicht mehr, Johannes, ich bitte dich! – Wieso tust du mir das an! Wieso ist es so wichtig für dich?

*Hedinger:* Weil es mit Anna zu tun hat und dem, was ihr zugestossen ist.

*Mutter:* Bitte nicht jetzt …

*Hedinger:* … Mom, hör zu! Als Anna … – bevor sie verschwunden ist, hat Dad dich da jemals gefragt, ob du ein Lieblingskind hast? Hat er dich das je gefragt?

*Mutter:* Johannes! Ich bitte dich!

*Hedinger:* Hat er dich je gebeten, eine Wahl zu treffen?

*Mutter* (wehrt sich): Hör jetzt auf!

*Hedinger:* Mom, hör jetzt zu! Ich muss das jetzt wissen! Hat er dich gezwungen, zwischen uns zu entscheiden?

*Mutter:* Nein! Ich konnte die Wahl nicht treffen! Es war die Wahl deines Vaters! Und ich hasste ihn dafür. Ich hasse ihn sogar noch in seinem Grab dafür. (Weint an der Schulter von Hedinger.)

Hedinger steht auf, sieht auf der Kommode ein Foto von Vater (Kamera gross darauf). Auf Hedingers Gesicht spiegeln sich Wut und Ohnmacht.

*Oberhalb Altdorf (13. Jhdt.). Aussen. Mittag.*

Anna und Gossolt sitzen unter einer mächtigen Eiche. Ein herrlicher Ausblick auf Altdorf und den spiegelnden Vierwaldstättersee.

*Anna:* Ich habe befürchtet, dich nie wieder zu sehen. Er hat mir immer erzählt, dir wäre etwas zugestossen in jener Nacht.

*Gossolt:* Wer? Wer hat dir das erzählt?

*Anna:* Mein Halbbruder.

*Gossolt* (blickt sehr erstaunt): … Wer?

*Anna:* Gessler, der Reichsvogt von Schwyz und Uri.

Gossolt ist sprachlos.

*Anna:* Ich hab' nie erfahren, was wirklich passiert ist. Ich konnte irgendwie meine Erinnerungen nie richtig zusammenfügen. Ich hab' zwar immer versucht, mich zu erinnern, aber noch mehr versuchte ich, alles zu vergessen.

*Gossolt:* Warum?

*Anna:* Ich war 16 Jahre alt und hatte fürchterliche Angst. Sie sagten mir, ich wäre eine Waise.

*Gossolt:* Du hast diesen Mann, Gessler, deinen Bruder genannt …

*Anna:* Einige Zeit später, nach dieser Nacht – ich weiss nicht wie lange –, brachten mich die Leute, die mich die erste Zeit aufnahmen, in eine Burg und sagten, ich würde jetzt meinen Halbbruder kennen lernen.

Gossolt starrt Anna erneut ungläubig an.

*Anna:* Er sagte mir, dass dies alles ein Geheimnis gewesen wäre. Dass mein Vater es niemandem gesagt hätte, um die Familie zu schützen.

*Gossolt:* Und das hast du ihm geglaubt?

*Anna:* Er war immer so gut zu mir …

*Gossolt:* … Hm … Du kannst dich an nichts, was damals passiert ist, erinnern?

*Anna:* Ich erinnere mich nur noch … an meinen Bruder Johannes … und an dich … (beginnt zu weinen) … – aber, seit ich hier lebe, habe ich immer gedacht, dass diese Welt nur in meinen Träumen existiere … – und dann ist da auch noch dieser furchtbare Alptraum, von diesen Männern und dem hellen Licht …

*Gossolt:* Anna, ich kann dir helfen!

Anna sieht Gossolt fragend an.

*Gossolt:* Du wurdest entführt, Anna, und man hat dich einer Gehirnwäsche unterzogen. Ich kann dir helfen, dich wieder ganz zu erinnern!

*Anna:* Ich … man hat mir fürchterlich wehgetan.

*Gossolt* (ruhig): Das glaube ich dir auch – aber nicht alles, was dein angeblicher Halbbruder dir erzählt hat, ist auch wahr …

*Anna* (sieht ihn fragend an): Warum sagst du das? Er hat sich um mich gekümmert, als sonst niemand da war.

*Gossolt* (ärgerlich): Na gut. Sobald ich einen Weg von hier fort gefunden habe, besuchen wir deinen Bruder und deine Mutter!

*Anna* (sieht ihn verstört an): … Mom … Johannes … sie leben noch?

*Gossolt:* Ja, und ich weiss, dass sie dich sehr gerne wieder sehen möchten.

*Anna* (schüttelt den Kopf): Dann, dann sind also meine Träume doch wahr …

*Gossolt:* Ja!

Gossolt nimmt Anna in den Arm, daraufhin beruhigt sie sich wieder ein wenig.

*Anna:* … Aber dann gibt's auch diese andere Welt der schlimmen Träume, von diesen furchtbaren Experimenten, den vielen Ärzten, die sich über mich beugen und von den Maschinen, die in mich hineinbohren. – Genau hier (sie zeigt Gossolt die Stelle am Nacken), da, im Genick.

Gossolt sieht sich ihren Nacken an und erschrickt: Es sind dieselben Male, die schon bei den Opfern in der Gegenwart gefunden worden sind.

Anna beginnt von den Träumen zu erzählen.

*Operationshalle. Innen.*

Gleissendes Licht. Unzählige Operationstische in einer Halle. Menschen verschiedenen Alters, Geschlechts und Rasse liegen, an Maschienen und Pumpen angeschlossen, auf den Tischen. Gestalten in Schutzanzügen beugen sich über sie.

*Annas Stimme* (aus dem Off): *Da waren viele Menschen. Die führten Tests an uns durch und überall war dieses blendende Licht …*

*Wiesen und Wälder (13. Jhdt.). Aussen. Mittag.*

Anna und Gossolt, immer noch unter der grossen Eiche.

*Gossolt* (sanft): … Psssst. Du zitterst ja. (Nimmt sie in den Arm.)

Anna beruhigt sich langsam.

*Gossolt:* Endlich habe ich dich wieder. Ich habe so lange auf dich gewartet und dich gesucht. Ich habe nie die Hoffnung aufgegeben, dich eines Tages wieder zu finden.

*Anna* (gerührt): Ist das wahr?

*Gossolt:* Ja … (Beginnt auch leicht zu weinen.)

*Anna:* Und wir waren früher wirklich ein Paar?

Gossolt nickt, schaut Anna lange an und küsst sie auf die Stirn. Er legt seinen Kopf auf den ihren, seine Finger streifen zärtlich über ihre langen Haare. Nach einer Weile löst sich Gossolt aus der Umarmung.

*Gossolt* (bestimmt): Ich glaube, dein Halbbruder lügt.

*Anna* (schweigt lange, dann): … Das sagen die Leute von der Résistance auch.

*Gossolt* (hellhörig): Wer sind diese Leute?

*Anna:* Nachdem immer mehr Leute aus dem Dorf verschleppt wurden, verschwunden und zum Teil tot wieder aufgetaucht sind, hat sich im Untergrund eine Gruppe gebildet, die den Sturz meines Halbbruders plant. Sie sind der festen Überzeugung, dass er der Urheber für all diese Greueltaten ist.

*Gossolt:* Und? Glaubst du das auch?

*Anna* (zuckt etwas ratlos mit den Schultern): … Ich bin mir nicht sicher, Gessler kann sehr hart und gemein sein, aber …

*Gossolt:* … Weiss er, dass du Kontakt zu dieser Résistance hast?

*Anna:* Ich glaube nicht. Er ist sehr viel unterwegs. Ich sehe ihn nur sehr selten.

*Gossolt:* Kennst du Wilhelm Tell?

*Anna:* Ja, ein bisschen. Aber der ist mit seiner ganzen Familie auch schon lange verschollen …

*Gossolt* (nickt bestätigend, dann): Was weisst du sonst noch über diese Leute von der Résistance?

*Anna:* Sie sind nicht aus unserem Dorf. Sie kommen von weit her. Sie wissen sehr viel. Sie wussten auch über meine Träume Bescheid. Viele im Dorf haben diese Träume …

*Gossolt:* Kannst du mich zu diesen Leuten bringen?

*Anna:* Ja … (Stockt.)

*Gossolt:* Was ist?

*Anna:* … Ich … erst gestern sprach mich einer der Résistance an. Er fragte, ob ein Fremder ins Dorf gekommen sei. (Anna schüttelt den Kopf.) – Die haben dich erwartet!

*Gossolt:* Mmh, … ist es weit bis zu diesen Leuten?

*Anna:* Nein. Es ist ganz in der Nähe.

*Gossolt:* Gut, dann lass uns gehen.

Anna und Gossolt schicken sich an, aufzubrechen.

*Anna* (murmelt, für Gossolt unhörbar): Es ist alles so, wie das Orakel vorausgesagt hat …

Anna und Gossolt schreiten über satte Matten und durch lichte Laubwälder. Die Erinnerungen und das alte Glück scheinen wieder aufzublühen. Noch gehen sie sehr behutsam mit dem wieder gefundenen Glück um.

*Hedingers Wohnung, Zürich. Innen. Tagesanbruch.*

Hedinger scheint ziemlich erregt. Er läuft in seinem unbeleuchteten Apartment auf und ab. Draussen bricht langsam der Tag an. Plötzlich tritt er an seinen Schreibtisch, öffnet die Schublade und zieht eine Rolle braunes Klebband hervor. Er geht zum Fenster, reisst vom Klebband zwei zirka 20 Zentimeter lange Stücke ab und klebt diese gekreuzt auf's Fenster (ein X-Zeichen entsteht). Dann richtet er den Lichtkegel seiner Schreibtischlampe darauf und lässt sich mit einem Seufzer in sein Sofa fallen. Hedinger greift nach dem Familienfoto, das ihn mit Vater, Mutter und seiner verschollenen Schwester zeigt (Zoom auf den Vater). Hedinger wirft das Bild zornig in eine Ecke. Glas splittert.

*Beichtstuhl im Kloster St. Urban. Innen. Tag.*

Hedinger und der Mentor sitzen sich wieder im Beichtstuhl des Klosters gegenüber (was nur der Zuschauer sieht: Der Mentor ist Hedingers Vater, der also gar nicht tot ist).

*Mentor* (zornig): Ich habe ausdrücklich gesagt, dass *ich* mich melden werde.

*Hedinger* (aufgebracht): Ich will den Raucher! Ich will seinen Namen und seine Adresse!

*Mentor:* Ich bestimme das Tempo. Sie sind mein Werkzeug, ist das klar? Ich komme nur zu Ihnen, wenn ich Sie brauche. Im Moment gehen Sie in eine Richtung, die mir nicht passt. Sie führen *die* direkt hierher.

*Hedinger:* Von was reden Sie überhaupt?

*Mentor:* Das dürfen Sie eben nicht wissen.

*Hedinger:* Ich schulde meiner Schwester und Gossolt mehr als nur herumzusitzen und Däumchen zu drehen.

*Mentor:* Öffnen Sie keine Türen, um sie unvorbereitet zu durchschreiten, Agent Hedinger.

*Hedinger:* Was soll das schon wieder heissen?

*Mentor:* Lassen Sie die Finger davon. – Ihr Leben ist jetzt in grosser Gefahr. Wie schon Ihr Vater, sind Sie nun ebenfalls nahe daran, das Projekt zu entlarven. Sie spielen jetzt die Rolle Ihres Vaters.

*Hedinger:* Ach, mein Vater …

*Mentor* (schweigt, dann): Ich weiss jetzt mehr über den Verbleib von Gossolt.

*Hedinger* (leicht zynisch): Ach, wirklich?

*Mentor:* Ich habe die Möglichkeit, mit ihm in Kontakt zu treten.

*Hedinger:* Und was wollen Sie von mir? In diesem Spiel geschieht nichts selbstlos.

*Mentor:* Ihre Dankbarkeit würde mir schon genügen.

*Hedinger* (missmutig): Geben Sie ihm das.

Hedinger zieht die Gedenkmünze aus seiner Tasche und schiebt sie durch den Schlitz unter dem Holzgitter durch.

*Mentor:* Nach dem heutigen Treffen können wir uns ein paar Wochen nicht mehr sehen …

*Hedinger:* Ich glaube, ich beende jetzt dieses Spiel …

Hedinger steht auf, tritt aus dem Beichtstuhl und reisst den Vorhang zur anderen Seite (die des Mentors) auf. Die Kammer ist aber leer. Nur eine Bibel liegt auf der Bank. Darin findet Hedinger eine Adresse.

*Vor der Burg der Résistance (13. Jhdt.). Aussen. Tag.*

Anna bringt Gossolt zum Versteck der Résistance in einer abseits gelegenen Burg. Der Krüppel aus dem Dorf steht vor der Burg. Er wirkt nun ganz normal und er spricht auch nicht mehr dieses alte Deutsch.

*Krüppel:* Agent Gossolt, wir haben Sie erwartet.

*Gossolt:* Woher kennen Sie meinen Namen?

*Krüppel:* Wir kennen so gut wie alles über Sie, Gossolt, aber das braucht Sie jetzt nicht zu beunruhigen.

*Gossolt:* Wer sind Sie?

*Krüppel:* Nennen Sie mich Neo, ich gehöre zur Résistance und wir kommen alle aus der Zukunft. Genau wie Sie. Wir beobachten Sie schon lange. Wir waren es auch, die die Sie hierher geholt haben.

Gossolt hört staunend zu.

*Neo:* Gossolt, wir setzten all unsere Hoffnungen auf Sie. Doch ich muss Sie warnen. Schon viele vor Ihnen sind gescheitert. Die ersten Prüfungen haben Sie zwar gemeistert. Doch nun wollen wir noch das Orakel befragen.

*Gossolt:* Orakel?

Gossolt ist verwirrt (Kamera gross auf Gossolt).

*Gossolt:* Wer oder was ist dieses Orakel?

*Neo:* Er ist inzwischen sehr alt. Er war von Anfang an bei uns.

*Gossolt:* … Anfang wovon?

*Neo:* Vom Widerstand.

*Gossolt:* Gegen wen?

*Neo:* … Gegen die Allianz und die Neukolonisation der Erde.

*Gossolt* (schluckt): Was? … Was weiss das Orakel, weiss es alles?

*Neo:* Er selbst würde sagen, er wisse genug.

*Burg der Résistance (13. Jhdt.). Innen. Tag.*

Neo, Anna und Gossolt betreten die Burg durch das grosse Eingangstor. Im Innenhof spielen einige Kinder mit fliegenden Bauklötzen, ein anderes verbiegt eine Axt.

*Neo* (zeigt auf die Kinder): Das sind die anderen Kandidaten. Du kannst hier warten.

Neo und Anna verlassen den Hof. Gossolt ist alleine mit den Kindern.

*Kind* (jenes mit der Axt): Versuch' nicht, die Axt zu verbiegen, das ist nämlich nicht möglich. Versuch' stattdessen einfach, dir die Wahrheit vorzustellen.

*Gossolt:* Welche Wahrheit?

*Kind:* Die Axt gibt es nicht.

*Gossolt:* Die Axt gibt es nicht?

*Kind:* Dann wirst du sehen, dass nicht die Axt sich biegt, sondern du selbst …

Gossolt nimmt die Axt und versucht es auch. Und es funktioniert! Die Axt hängt schlaff links herunter. Ungläubiges Staunen. Anna kommt wieder in den Hof.

*Anna* (zu Gossolt): Das Orakel empfängt dich nun. – Wenn ich dir einen Rat geben darf, sei ehrlich. Es weiss mehr, als du dir vorstellen kannst.

Gossolt steht vor dem schweren Eisentor, das von alleine aufspringt. Er betritt eine Art Eingangshalle. Hinter einem mächtigen Eisenkorpus sitzt ein weisshaariger Mann (HR Giger), über ein Buch gebeugt.

*Gossolt* (erstaunt): Sie? … Sie sind das Orakel?

*Orakel* (blickt auf, zieht die Augenbrauen hoch und erhebt den Zeigefinger): Bingo! … Da hast du etwas anderes erwartet, nicht wahr?

*Gossolt:* … Ja.

*Orakel:* Ich würde dir gerne einen Stuhl anbieten, aber du möchtest dich ja sowieso nicht setzen. Und wegen dem Krug, mach dir keine Sorgen.

*Gossolt:* Welcher Krug? (Er sieht sich um und stösst dabei an den hinter ihm stehenden Krug, der zu Boden fällt und zerbricht.)

*Orakel:* Dieser Krug.

*Gossolt:* Tut mir Leid …

*Orakel:* Ich sagte doch, mach dir deswegen keine Sorgen, … eins meiner Kinder macht ihn mir schon wieder ganz.

*Gossolt:* Woher wussten Sie das?

*Orakel:* Oh … oh … viel quälender wird für dich später die Frage sein, hättest du den Krug auch zerbrochen, wenn ich nichts gesagt hätte? … (Schnippisch:) Na ja, du siehst besser aus, als ich dachte; jetzt weiss ich, warum sie dich gern hat (grinst).

*Gossolt:* Wer?

*Orakel:* Der Schlauste bist du ja nicht (grinst) … Du weisst, wieso dich die Résistance zu mir gebracht hat?

*Gossolt:* Die glauben, dass …

*Orakel:* … Und? Was denkst du? Glaubst du, du bist der Richtige?

*Gossolt:* Ehrlich, ich weiss es nicht …

Das Orakel geht auf Gossolt zu.

*Orakel:* Tja, dann will ich dich mal ansehen. (Er greift nach Gossolts Kopf.) Mach deinen Mund auf und mach Ah!

*Gossolt:* Aaaaah!

Das Orakel sieht hinein, dann in seine Augen und Ohren, fasst seine Hände und sieht auch diese an.

*Orakel:* Also, … jetzt sollte ich vermutlich sagen: Aha, aaaah, … sehr interessant, aber … dann sagst du …

*Gossolt:* Aber was?

*Orakel:* Aber du weisst bereits, was ich dir sagen will …

*Gossolt:* Ich bin nicht der Richtige?

*Orakel:* Ich bin mir nicht sicher, Kleiner … Du hast zwar die Gabe, die Geschichte zu verändern, aber es sieht so aus, als würdest du auf etwas warten.

*Gossolt:* Auf was?

*Orakel:* Auf dein nächstes Leben, auf die Liebe vielleicht, auf die Wahrheit, wer weiss – so ist das nun halt mal … Arme Anna, sie hat so an dich geglaubt.

*Gossolt* (ungläubig): Was? Sie wusste das alles? – Was passiert mit ihr?

*Orakel:* Willst du das wirklich wissen? Anna glaubt an dich, Gossolt. Sie glaubt so sehr an dich, dass sie eines Tages ihr Leben für dich opfern wird, um deines zu retten.

*Gossolt:* Nein!

*Orakel:* Du hast die Wahl. Entweder du versuchst, Anna das Leben zu retten, oder du entscheidest dich für die Geschichte und damit für dein eigenes Leben. Auf einen von euch wartet der Tod. Wer das sein wird, hängt ganz von dir ab. Du entscheidest, wohin die Geschichte geht.

*Burg der Résistance (13. Jhdt.). Innen. Tag.*

Verstört verlässt Gossolt das Orakel. Im Hof wartet Anna auf ihn. Er will gerade etwas zu ihr sagen, als sie ihm zärtlich ihren Zeigefinger auf seine Lippen presst.

*Anna:* Das, was soeben gesagt wurde, war für dich bestimmt, für dich allein. (Sie lächelt ihn an.) – Komm mit. Die Zeit arbeitet gegen uns.

Sie betreten einen zweiten Saal am Ende des Hofes. Sie werden von einigen Leuten erwartet, unter ihnen Neo und Dave.

*Neo:* Willkommen bei der Résistance!

*Gossolt:* Dave, du hier?

*Dave:* He, Kumpel! I join the club! ... Ich gehöre auch dazu. Ich musste dich zuvor einfach ein bisschen testen. Gehörte zu meinem Auftrag hier.
*Neo:* Kurz ein Briefing zur aktuellen Lage und zur Vorgeschichte: Wir haben nur bruchstückhafte Informationen. Was wir aber sicher wissen ist, dass 2015 die herkömmliche Welt durch einen nuklearen Holocaust ausgelöscht und durch die Allianz mit einer neuartigen Spezies, einer Kreuzung zwischen Menschen und Ausserirdischen, neu kolonialisiert wird.
Der Leiter dieses Projektes ist der Raucher. Seinen wirklichen Namen kennt niemand. Er ist in verschiedenen Zeitebenen unterwegs und sucht nach geeignetem Erbgut und Testpersonen. Für jeden Auftritt wählt er sich vor Ort eine passende menschliche Hülle. Auch hier im Altdorf des 13. Jahrhunderts sucht er nach Erbmasse und hat sich hierfür der Figur von Gessler bemächtigt.
2014 wird er die letzten fehlenden Gene zur perfekten Klonmischung gefunden haben, worauf die neue Allianz von Ausserirdischen und einiger weniger Menschen das gesamte herkömmliche Leben auf der Erde vollständig vernichten wird.
Nur wenige Menschen konnten dieses Armageddon überleben. Unter anderem wir von der Résistance. Seit Jahren versuchen wir, den Lauf der Dinge aufzuhalten und rückgängig zu machen. Wir reisen immer weiter in die Vergangenheit, mit dem Ziel, die Bildung der Allianz zu verhindern und die Spuren des Rauchers auszumerzen.
Der Morde an John F. Kennedy, an Martin Luther King und an Mahatma Gandhi, selbst der Unfall von Lady Di – alle gehen sie auf das Konto des Rauchers. Auch am Golfkrieg, dem Zweiten Weltkrieg und der Russischen Revolution war er mitbeteiligt. Seine Geschichtsveränderungen

reichen inzwischen bis ins Mittelalter. Auch hier in der Urschweiz hat er schon gewütet. Vor kurzem liess er Tell wegbringen, damit die Geschichte nicht mehr ihren ursprünglichen Lauf nehmen kann.
Gossolt, Sie wurden geholt, um die Geschichte zu korrigieren. Sie sind ein Urnachfahre von Wilhelm Tell und sehen ihm nicht unähnlich. Stellen Sie sich Gessler entgegen und retten Sie so unser aller Leben.

*Vor der Burg, Wiese (13. Jhdt.). Aussen. Nachmittag.*

Gossolt sitzt benommen vor der Burg an einem Brunnen. Er kann das eben Vernommene nur schwer verarbeiten, geschweige denn glauben. Sein Weltbild ist mit wenigen Sätzen in sich zusammengefallen. Zwar wurden einige seiner ewigen Fragen beantwortet, aber gleichzeitig wurden unzählige neue gestellt. Ihn fröstelt. Anna und Neo kommen auf ihn zu.

*Neo:* Ich sehe, dass Sie immer noch zweifeln. Aber wir haben nicht mehr viel Zeit. Vielleicht hilft dies hier, meinen Worten mehr Glaubwürdigkeit zu verleihen.

Neo übergibt Gossolt die Gedenkmünze, die er von Hedinger zum Geburtstag bekommen hat.

*Gossolt:* Sie hatten Kontakt mit Hedinger? Sie waren in meiner Zeit?

*Neo:* Die Zeit, wie ihr sie kennt, existiert für uns nicht mehr.

*Gossolt:* Wenn ich die Geschichte retten will, muss ich zum Mörder werden – für einen Polizisten nicht unproblematisch …

*Neo:* Es gab schon viel zu viele Opfer, aber bis jetzt waren sie immer auf der Seite der Unschuldigen.

Gossolt schweigt (ringt).

*Anna* (bittend): Tu, was du tun musst … – Komm, lass uns zurückgehen.

Sie stehen auf und machen sich auf den Weg zur Tell-Hütte. Dave begleitet sie.

*Gossolt* (schüttelt ungläubig den Kopf): Keller wird mir diese ganze Geschichte nie glauben.

*Dave* (kühl): Keller spielt in unserem Plan keine Rolle.

*Vor der Tell-Hütte (13. Jhdt.). Aussen. Nachmittag.*

Ein Bauer kommt der Gruppe entgegengerannt.

*Bauer:* Tell, die haben deinen Gast entführt!

*Gossolt:* Wer hat wen entführt?

*Bauer:* Des Landvogts Reiter haben die Frau aus deiner Hütte geholt. Gessler hält sie gefangen in seinem Schloss.

*Gossolt* (entsetzt): Wir müssen sie da rausholen!

*Dave* (flüstert): Gossolt, … denken Sie an Ihren Auftrag! Sie gefährden die Mission … – zuerst kommt der Apfelschuss!

*Gossolt* (trotzig, greift zur Armbrust): … Ich werde *alle* retten.

*Wohnung des Rauchers. Innen. Tag.*

Die Adresse in der Bibel aus dem Beichtstuhl führt Hedinger zum Unterschlupf des Rauchers. Hedinger stellt den Raucher in dessen Wohnung. Der Raucher sitzt in einem Sessel, mit dem Rücken zur Tür. Überrascht dreht er sich um, Hedinger presst ihn zurück in den Sessel.

*Hedinger* (bedroht den Raucher mit der Waffe): Hinsetzen!

*Raucher* (erstaunt): Wie haben Sie mich gefunden?

*Hedinger* (aufgebracht): Halten Sie die Klappe! Heute stelle ich die Fragen. Und Sie werden sie mir beantworten ... (schreit:) ... Sie verfluchter Schweinehund!

*Raucher* (ruhig): Versuchen Sie nicht, mich zu bedrohen – ich habe Präsidenten sterben sehen. (Will sich eine Zigarette anstecken.)

*Hedinger* (schlägt ihm die Zigarette aus dem Mund, laut): Warum Anna, warum sie? (Hedinger hält ihm die Waffe an die Schläfe.) Warum nicht ich? Antworten Sie mir!

*Raucher* (ruhig): ... Weil ich Sie mag. Und Anna auch, deshalb werden Sie sie eines Tages ja auch wiederkriegen ...

*Hedinger* (innerlich kochend): ... Eigentlich müssten Sie sterben!

*Raucher:* Wieso ich? Sehen Sie mich an: keine Frau, keine Familie – nur ein bisschen Macht. (Der Raucher erhebt sich aus dem Sessel.) Ich bin in diesem Spiel, weil ich glaube, dass das, was ich mache, richtig ist.

*Hedinger* (aufgebracht): Was ist richtig? – Wer sind Sie, dass Sie entscheiden wollen, was richtig ist!

*Raucher:* Wer sind *Sie* denn? – Wenn die Menschheit Bescheid wüsste über das, was ich weiss, dann würde alles auseinander brechen. Doch Sie bedrohen mich mit einer Kanone – ich habe jetzt mehr Respekt vor Ihnen, Hedinger, Sie werden zum ernsthaften Gegner. – Sie können mich jetzt erschiessen, aber dann erfahren Sie die Wahrheit nie. Und auch die Zukunft von Anna ist ungewiss.

Hedinger resigniert.

*Raucher:* Zudem rate ich Ihnen dringend, alle Ihre Ermittlungen einzustellen. Ich habe Sie schon einmal gewarnt. Sie wollen doch nicht, dass Bucher etwas zustösst.

*Hedinger:* Sie Schwein! (Hedinger hebt wieder die Waffe und richtet sie auf den Raucher.)

Das Mobiltelefon des Rauchers klingelt.

*Raucher:* Oh! Das könnte sie vielleicht gerade sein …
Raucher nimmt das Telefon ab und gibt es an Hedinger weiter.
*Männerstimme:* Mister Hedinger, ich hab' da jemand, der gerne mit Ihnen sprechen würde.
*Bucher* (als Telefonstimme): *Hedinger, ich bin's.*
*Hedinger:* Bucher, wie geht es Ihnen?
*Bucher* (als Telefonstimme): *Mir ging's schon besser … Bitte, tun Sie, was die von Ihnen verlangen.* (Der Anruf wird unterbrochen.)
Hedinger wirft seine Waffe dem Raucher vor die Füsse und kapituliert.
*Raucher:* Sehen Sie? Und deswegen werde ich gewinnen. (Raucher steckt sich eine Zigarette an.) Gehen wir.

*Regierungssaal in der Burg von Gessler, Sarnen (13. Jhdt.). Innen. Tag.*

Die Soldaten bringen Keller zu Gessler. Als die Soldaten den Raum verlassen haben, fallen sich Gessler und Keller in die Arme und küssen sich leidenschaftlich.
*Gessler:* Na, meine Süsse, schon was Neues?
*Keller:* Gossolt hat Anna gefunden und Kontakt mit der Résistance aufgenommen! Er könnte uns doch noch gefährlich werden!
*Gessler* (winkt ab): Ein Mann allein kann die Zukunft nicht aufhalten.
Hohngelächter, dann wendet er sich wieder seiner Geliebten zu.
*Gessler:* Die Sieger in diesem Spiel stehen bereits fest. Ich bin froh, dass du dies rechtzeitig eingesehen hast.
Keller legt sich mit dem Rücken auf den Tisch und räkelt sich, während sich Gessler lüstern über sie beugt.

*Tiefgarage. Innen. Mittag.*

Der Raucher und Hedinger treffen in einer Tiefgarage auf Bucher und deren Bewacher (Mister X).

*Raucher* (zu Hedinger): Ich schlage Ihnen ein kleines Spiel vor. Im Tausch gegen Ihr Leben. Sie kennen doch sicher die Schweizer Gründungsgeschichte, oder? Und man hört, Sie seien ein guter Schütze, wie jeder wackere Schweizer. Nun, dann lassen Sie uns zusammen etwas Wilhelm Tell spielen.

Der Raucher nimmt einen Apfel aus seiner Manteltasche.

*Raucher:* Wenn Sie den Apfel auf Buchers Kopf treffen, schenke ich Ihnen beiden die Freiheit – ganz wie im Original. (Zündet sich eine Zigarette an.)

*Hedinger:* Nein, das können sie nicht …

*Raucher:* Sie schiessen oder sie sterben beide. Man wird sie ertrunken aus einem See fischen, oder ihre verkohlten Leichen in den Trümmern eines abgebrannten Hauses finden. – Wenn Sie sich nicht so mächtige Freunde im Parlament zu schaffen gewusst hätten, wären Sie schon längst vom Dienst suspendiert und liquidiert worden.

*Hedinger:* Wer sagt, dass Sie Wort halten?

*Raucher:* Risiko, Hedinger … «Das Ziel ist würdig, und der Preis ist gross.»

Bucher blickt verzweifelt zu Hedinger.

*Raucher:* Sie kriegen einen Schuss. Sie könnten damit auch mich erschiessen, aber dann erfahren Sie nie die Wahrheit, die sie so sehr suchen.

Der Raucher leert Hedingers Pistole bis auf die letzte Patrone und gibt ihm die Waffe. Bucher zittert. Hedinger steht zunächst unschlüssig da, kniet sich dann nieder und zielt. Seine Hand zittert sehr (Kamera gross auf Buchers Gesicht, starr vor Angst). Hedinger senkt die Pistole wieder.

*Hedinger:* Ich kann nicht. Nehmen Sie mich und lassen Sie Bucher gehen.

*Raucher:* Sie kennen die Regeln. «Ich will Ihr Leben nicht, ich will den Schuss.»

*Hedinger:* Wieso tun Sie das?

Der Raucher zieht seine Waffe und zielt auf Hedinger.

*Raucher:* Schiessen Sie endlich!

Hedinger kniet sich wieder hin und zielt. Bucher schliesst die Augen, ihre Lippen sind nur noch ein Strich. Hedinger kneift die Augen zu und schiesst. Die Kamera zeigt, wie die Kugel langsam aus der Mündung austritt, dann Seitenansicht: das fliegende Projektil (alles Zeitlupe) und schliesslich den Eintritt und Durchschuss durch den Apfel.

Hedinger lässt die Waffe sinken, Bucher stützt sich erschrocken an eine Säule, während der durchschossene Apfel direkt vor die Füsse des Rauchers rollt. Der Raucher hebt ihn auf.

*Raucher:* «Wahrlich, ein Meisterschuss, ich muss ihn loben.» Sie beeindrucken mich immer wieder auf's Neue.

*Hedinger:* Lassen Sie jetzt Bucher endlich gehen!

*Raucher:* Ich halte mein Wort. Sie können beide gehen. Aber ich verlange, dass Sie die Untersuchungen sofort einstellen. Sie wollen doch nicht, dass Gossolt etwas zustösst … Und denken Sie daran: Wir wissen immer, wo Sie sind. Seien Sie wachsam, heutzutage ereignet sich so schnell ein Autounfall oder ein Verwandter verstirbt unerwartet …

*SBI, Zürich, Büro Hedinger. Innen. Nachmittag.*

Im Büro von Hedinger und Gossolt. Bucher und Hedinger stehen sich bedrückt gegenüber.

*Bucher:* Immer noch kein Lebenszeichen von Keller und Gossolt.

*Hedinger* (wütend): Er hält sie als Pfand, damit er in Ruhe seine schmutzigen Geschäfte machen kann!
*Bucher:* Ich mach' mir auch Sorgen um Sie, Hedinger; ich frage mich, wie weit Sie zu gehen bereit sind – und wie weit ich Ihnen dabei folgen kann.
*Hedinger:* Bucher, so nah dran waren wir noch nie! ... Wir hatten hieb- und stichfeste Beweise, dann verschwand der Leichnam, die Pension brannte nieder. – Und jetzt wollen sie uns zwingen, alles wegzulegen und zu vergessen ...
*Bucher:* Sind Ihnen diese Akten Ihr Leben wert? – Welche Antworten hoffen Sie denn zu finden, Hedinger?
*Hedinger:* Was mit meiner Schwester geschehen ist – worin mein Vater verwickelt war und wohin sie Gossolt und Keller gebracht haben.
*Bucher* (nach einer Pause): Hedinger – ich kann nicht mehr. Ich bitte Sie, stellen Sie die Untersuchungen ein. Sie kennen ihre Drohungen selbst. Ich nehme sie ernst. Ich kann das nicht mehr verantworten. Weder vor Ihnen, noch vor mir, noch meiner Familie gegenüber.
*Hedinger* (seufzt): ... Bucher, ich brauche Sie!

Langes Schweigen im Büro.

*Hedinger:* Okay, Bucher. Wir hören auf. Sie schulden mir nichts. Am allerwenigsten Ihr Leben ... Gehen Sie und werden Sie wieder Ärztin.

Wieder eine lange Pause.

*Bucher* (tritt zu Hedinger, fasst seine Hand): Ich bleibe. Wenn wir jetzt aufgeben, werden *die* gewinnen.

Hedinger blickt Bucher lange in die Augen, dann huscht ein kleines Lächeln über sein Gesicht. Er ist sichtlich gerührt.

*Bucher* (blickt Hedinger in die Augen): Ich würde mich für niemanden in Gefahr bringen – ausser für Sie.

*Vor der Tell-Hütte (13. Jhdt.). Aussen. Nachmittag.*

Gossolt übt verbissen mit der Armbrust. Es klappt inzwischen schon viel besser, aber noch immer kommt es zu Fehlschüssen. Anna kommt herbeigerannt.

*Anna* (keucht): Keller ist übergelaufen! Gessler ist nun gewarnt!

*Dave:* Wir müssen möglichst schnell die Geschichte zu Ende führen, bevor Gessler wieder alles ändern kann!

Dave zieht Gossolt am Ärmel.

*Dave:* Komm, … it's showtime!

*Dorfplatz, Altdorf (13. Jhdt.). Aussen. Nachmittag.*

Gossolt (mit Armbrust) geht mit Dave über den Dorfplatz, in dessen Mitte die Stange mit dem zu grüssenden Hut steht. Sie verweigern demonstrativ den Gruss und schreiten mit erhobenem Haupte weiter.

Die Wachen bemerken das Verfehlen der beiden gar nicht, da sie derart irritiert sind von Daves schwarzer Haut.

*Soldat 1:* Leuthold, habt Ihr auch das verbrannte Kind gesehen?

*Soldat 2* (Leuthold): Mit dem Tell kam gfürchig Volk ins Dorf …

Gossolt und Dave überqueren ein zweites Mal den Platz (nun von rechts nach links), wieder verweigern sie den Gruss und wieder werden sie nicht behelligt.

*Leuthold:* Friesshart, sieh, da sind sie schon wieder!

*Soldat 1* (Friesshart): Leuthold, das ist Teufelszeug.

Gossolt und Dave marschieren ein drittes Mal (nun wieder von links nach rechts) ohne Gruss am Hut vorbei. Endlich haben dies auch die beiden Soldaten bemerkt.

*Leuthold:* In des Kaisers Namen! Haltet an und steht.

*Friesshart:* Ihr habt's Mandat verletzt, ... Ihr müsst uns folgen!

*Leuthold:* Ihr habt dem Hut nicht Referenz erwiesen.

*Friesshart:* Fort, fort, ins Gefängnis!

*Dave* (ruft laut): Kommt! Helft! Gewalt, Gewalt, sie führen ihn gefangen!

Die Leute strömen aus den umliegenden Häusern. Aber nicht der gefangene Tell zieht sie in Bann, alle starren sie vielmehr Dave an.

*Volk:* Iiiiih ... ooooh ... wääääh ... Teufelskind! ...

Dave, vom Volk zurückgedrängt, versteckt sich hinter Gossolt.

*Rösselmann* (tritt hinzu und fragt den Soldaten): Was legst du Hand an diesen Mann?

*Friesshart:* Er ist ein Feind des Kaisers, ein Verräter. Er hat dem Hut nicht Referenz erwiesen.

*Leuthold:* Und Vater, habt Ihr sein Kind gesehen?

Immer mehr Volk strömt herbei. Die Weiber kreischen, die Bärtigen brummeln. Aufruhr und Empörung. Dann hört man Jagdhörner.

*Weiber:* Da kommt der Landvogt!

Gessler zu Pferd, den Falken auf der Faust. Ein grosses Gefolge von bewaffneten Knechten, welche einen Kreis von Piken um die ganze Szene schliessen.

*Ausrufer:* Platz, Platz, der Landvogt!

*Gessler:* Was läuft das Volk zusammen?

Allgemeine Stille.

*Gessler:* Wer war's? Ich will es wissen.

*Friesshart* (drängelt sich wichtigtuerisch vor): Gestrenger Herr, ich bin Dein Waffenknecht und wohlbestellter Wächter bei dem Hut. Diesen Mann ergriff ich über frischer Tat, wie er dem Hut den Ehrengruss versagte. Verhaften wollt' ich ihn, wie Du befahlst.

*Leuthold* (drängt sich ebenfalls vor): Und, Herr, habt Ihr dessen gfürchig Sohn gesehen?!

*Gessler* (nach kurzem Schweigen, grinsend): Zwanzig Peitschenhiebe für den Mann, zehn für das Kind, das soll genügen. (Zu Friesshart:) Soldat, schreiten Sie sogleich zur Tat. Ich muss heute noch nach Immensee.

*Gossolt* (feilscht): Herr, ersparet mir die Hiebe. Kann ich Sie nicht mit meiner Schiesskunst erfreuen? (Zeigt seine Armbrust.) Ich bin ein guter Schütze.

*Gessler* (zornig): Schweig! Man gebe ihm dreissig Hiebe!

*Dave* (kommt hinter Gossolt hervor): Wahrlich, er ist ein Meister auf der Armbrust, den Vogel trifft er im Flug.

*Gessler:* Vierzig Hiebe für beide!

*Dave* (vorwitzig): Und den Apfel schiesst Dir der Vater vom Baum auf hundert Schritte. Er trifft ihn gar von meinem Kopfe!

*Volk* (gierig, bettelnd): Ja, oh ja, vom Kopfe! Herr, lass es uns sehen!

Gessler ist unschlüssig, während das Volk immer lauter den Schuss fordert. Schnell ist ein Apfel gefunden und der Junge an einen Baum gebunden. Gossolt, froh, dass es doch noch zum Schuss kommen kann, nimmt einen Pfeil aus dem Köcher, legt ihn auf seine Armbrust und kniet sich nieder.

*Volk:* Öffnet die Gasse!

Gessler bleibt fast nichts anderes übrig, als der Sache ihren Lauf zu lassen, derart ereifert sich das Volk. Ein letztes Mal versucht er, den Schuss zu stoppen.

*Gessler:* Steh' auf, und geh. Ich schenke dir die Freiheit.

Raunen im Volk, das sich um den Schuss geprellt sieht.

*Gossolt* (trotzig): «Ich will die Freiheit nicht, ich will den Schuss!»

Gossolt kniet sich wieder hin. Seine Arme zittern, und die Armbrust schwankt gefährlich. Alle Leute warten gespannt auf den

Schuss. Dann ein Schrei.

*Stimme aus Volk:* Der Apfel ist gefallen! Der Knabe lebt!

Ein Raunen geht durch's Volk.

*Rösselmann:* Das war ein Schuss, davon wird man noch reden in späten Zeiten.

*Gessler* (zerknirscht): Ein Meisterschuss, ich muss ihn loben. Nun, so schreite deines Weges!

Gessler wendet sich zum Gehen.

*Gossolt* (laut, aber etwas unschlüssig): Äh, … wollt Ihr nicht wissen, wieso ich noch einen zweiten Pfeil zu mir steckte?

Gessler ahnt, was nun kommen würde und ergibt sich endgültig dem Schicksal.

*Gessler* (seufzt): Wozu denn?

*Gossolt:* Mit diesem Pfeil durchschoss ich Euch, wenn ich mein liebes Kind getroffen hätte, und wahrlich, hätt' ich nicht gefehlt.

*Gessler* (seufzt erneut): Ergreifet ihn, Knechte! Bindet ihn.

Auf dem Platz entsteht ein grosses Gedränge und Tumult. Im allgemeinen Durcheinander kann Dave fliehen, Gossolt wird abgeführt.

*Im Auto. Aussen. Nachmittag.*

Hedinger und Bucher im Auto. Buchers Mobiltelefon klingelt.

*Bucher:* Ja? … (Ihre Augen weiten sich, Erstaunen.) … Er mutiert zu was?

Hedinger blickt erstaunt zu Bucher. In diesem Augenblick klingelt auch sein Telefon.

*Hedinger:* Hedinger …

Auch sein Gesicht spiegelt nun grosse Verwunderung und Überraschung. Er blickt auf die Uhr.

*Hedinger:* … In etwa 30 Minuten.
Hedinger beendet das Gespräch und wendet sich zu Bucher, die ihrerseits ebenfalls ihr Telefongerät wegsteckt.

*Bucher:* Der Tell-Mann aus dem Luzerner Spital ist gestorben und beginnt zu mutieren … Wir müssen da sofort hin!

*Hedinger:* Sie müssen das alleine machen. Soeben hat mich der Mentor angerufen. Es gibt Neuigkeiten …

*Spital, Luzern. Innen. Späterer Nachmittag.*

Als Bucher im Spital eintrifft, findet sie nur noch ein leeres Bett vor. Bucher fragt eine Krankenschwester.

*Bucher:* Wohin wurde der Patient gebracht?

*Krankenschwester:* Regierungsbeamte von der Seuchenschutzabteilung haben die Leiche und alle Proben abgeholt. Sie sind erst wenige Minuten weg.

*Bucher* (verärgert und hilflos): … Verdammt!

Kamera auf den Aschenbecher auf dem Tisch, in dem immer noch eine Zigarettenkippe qualmt (vom Raucher).

*Kloster St. Urban. Innen. Späterer Nachmittag.*

Hedinger betritt die Kirche und eilt zu den Beichtstühlen. Kurz bevor er diese erreicht, löst sich eine Person aus dem Schatten einer Säule und tritt Hedinger in den Weg. Vor Hedinger steht dessen totgeglaubter Vater.

*Hedinger* (völlig perplex): Dad?

*Vater:* … Bitte, Johannes.

*Hedinger:* … Du lebst? Du … (Ringt.)

*Vater:* Ich weiss, was du jetzt von mir denkst …

*Hedinger* (zornig): Verdammt! Mom hat so gelitten, und ich …

*Vater* (flehend): Johannes, bitte! Man hat mich gezwungen, … die haben mich in der Hand.

*Hedinger* (immer noch zornig): Wer sind *die?* – Die Allianz? Der Raucher? – …

Hedinger stockt und begreift.

*Hedinger: Du* hast mir also all die Informationen gegeben? *Du* also warst der Mentor?

*Vater:* Ja, und es war gefährlich, … aber ich hab jetzt keine Angst mehr vor ihnen. – Johannes, es gibt viel zu erzählen (zittert).

*Hedinger:* Dad, beruhige dich!

Sie setzen sich in eine Kirchenbank.

*Vater* (niedergeschlagen): Es ist, … es ist jetzt alles so klar, so einfach. – Und damals ist es so kompliziert gewesen – diese Entscheidung, die getroffen werden musste.

*Hedinger:* Welche Entscheidung, Dad?

*Vater:* Johannes, du bist ein kluger, junger Mann. Klüger, als ich es je war. (Er blickt auf zu den Deckengemälden.)

*Hedinger:* Inwiefern?

*Vater:* Du bist deinen Ansichten treu geblieben und lässt dich von niemandem vereinnahmen. Sobald du dies tust, wird ihre Doktrin automatisch auch zu deiner und du kannst verantwortlich gemacht werden.

*Hedinger:* Redest du von deiner Arbeit im Aussenministerium?

*Vater:* Du wirst einige Dinge erfahren, Johannes, zuerst wirst du nur die Worte hören, … und dann wirst du die Zusammenhänge erkennen.

*Hedinger:* Welche Worte denn?

*Vater:* Die «Ware» ist eins davon. (Ringt mit sich selbst.)

Hedinger legt dem Vater die Hand auf die Schulter.

*Vater* (steht auf): Hör zu, ich habe einige Tabletten geschluckt und muss kurz, … äh, entschuldige mich bitte einen Moment.

Der Vater geht zur Sakristei, öffnet die Tür und verschwindet darin. Hedinger sitzt alleine in der Kirchenbank im riesigen Kirchenschiff. Man sieht und hört, wie die Tür zur Sakristei ins Schloss fällt. Dann ein Schuss. Hedinger schreckt zusammen, zieht sofort seine Waffe und stürmt in die Sakristei.

*Hedinger:* Dad? … Dad!

*Sakristei, Kloster St. Urban. Innen. Späterer Nachmittag.*

Hedinger findet seinen Vater niedergeschossen auf dem Boden der Sakristei. Aus Schläfe und Mund rinnt Blut. Eine zweite aus der Sakristei führende Tür fällt ins Schloss. Hedinger kniet sich nieder zu seinem sterbenden Vater und hebt dessen Kopf leicht an.

*Hedinger:* Oh, Dad …

*Vater* (röchelt): … Verzeih' mir …

*Hedinger:* Oh, nein, nicht! (Presst seinen Kopf an den seines sterbenden Vaters.) Wer war das?

*Vater* (gepresst): Ich sagte ihm, dass ich dir alles erzählen werde …

*Hedinger:* Wem?!

*Vater:* Dem Raucher … er ist auf dem Weg in die Axenmine – du musst ihn stoppen.

*Hedinger:* Dad!

*Vater:* … Du musst jetzt alleine klarkommen …

*Hedinger:* Du hast mich immer beschützt? …

*Vater:* … auch Anna, das war ich euch schuldig. Bitte verzeiht mir …

Der Vater stirbt in den Armen von Hedinger.

*Kloster St. Urban. Innen. Späterer Nachmittag.*

Hedinger bettet den leblosen Körper auf eine Kirchenbank. Dann ruft er mit seinem Mobiltelefon Bucher an.

*Hedinger* (ruhig, unter Schock): ... Mein Vater ist tot, Bucher ...

*Bucher* (am Telefon): ... *ich dachte, Ihr Vater sei bereits vor vier Jahren gestorben?*

*Hedinger:* Er war der Mentor, er war derjenige, der uns beschützt hat ... Er ist erschossen worden, er ist tot ...

Vom Ende des Kirchenschiffes hört man eine Tür ins Schloss fallen. Hedinger rennt los.

*Kerker in der Burg von Gessler, Sarnen (13. Jhdt.).*
*Innen. Nachmittag.*

Gossolt liegt im Kerker der Vogt-Burg in Ketten. Sein Körper zeigt Folterspuren, sein Mund ist geknebelt. An den russigen, fackelbeschienen Wänden hängen Folterwerkzeuge. Ein Folterknecht macht ein Eisen heiss. Gessler und Keller kommen Arm in Arm in den Kerker.

*Gessler* (zu Gossolt): Tja, ... den Apfelschuss konnte ich nicht verhindern, aber jetzt werden Sie mich nicht mehr aufhalten können. Auch wenn Sie die nächsten Stunden hier überleben, so schnell kommen Sie hier nicht raus. Dann ist die Geschichte nicht mehr, wie sie war. Und ich bin längst schon wieder in einer anderen Zeit. Ich muss jetzt zu einem Treffen mit der Allianz. Keller, er gehört Ihnen.

Gessler verlässt den Raum, Keller schickt die Wachen hinaus und ist nun allein mit Gossolt. Sie trägt ein verführerisches, schwarzes Kleid, das nur knapp ihren Körper bedeckt hält.

Mit einem Messer schneidet sie Gossolt langsam die Kleider vom Leib und setzt sich lasziv auf ihn. Gossolt kann sich nicht wehren, stumme Schreie.

*Keller:* Ich versteh' dich so schlecht … (Nimmt ihm den Knebel aus dem Mund.)

Gossolt keucht.

*Keller:* Du hättest mich nicht zurückweisen sollen, Gossolt. Aber bevor du getötet wirst, will ich doch noch meinen Spass haben.

Keller schmiegt sich an seinen geschundenen Körper und knabbert an seinem Ohrläppchen.

*Keller:* Du bist attraktiv, Gossolt. Wirklich zu schade, dass wir bei dieser Sache auf verschiedenen Seiten stehen. Noch ist es nicht zu spät, deine Meinung zu ändern.

*Gossolt:* Niemals!

Keller sticht zornig mit ihrem Knie in Gossolts Magengrube, der knickt vornüber. Ihre Hand krallt sich in seine Haare und reisst den Kopf wieder hoch. Dann wird Keller wieder sanft, und streichelt Gossolt zärtlich mit ihren Fingernägeln über die Wange.

*Keller:* Hier im Mittelalter hatten sie wirklich originelle Geräte. Du wirst staunen.

Mit lieblichem Blick zieht sie ihm eine Nackenschraube an.

*Gossolt:* Und das alles nur, weil Sie diesem Gessler verfallen sind?

*Keller:* Nicht ich bin ihm verfallen, sondern er mir. Seit meiner Kindheit hatte ich schon immer Macht über Männer.

Sie beginnt die Schraube anzuziehen.

*Keller:* Zudem versprach er mir die Welt und die Unsterblichkeit, und dass ich bei der Kolonisation dabei sein werde.

*Gossolt:* Er hat Sie nur benutzt.

*Keller* (kommt ganz nahe ran): Wie jeder andere wollte er auch nur ein bisschen Liebe. Dafür tut ein Mann doch fast alles, oder etwa nicht?

Keller setzt sich rittlings auf Gossolts Schoss und dreht noch mehr an der Nackenschraube. Schweisstropfen laufen Gossolt über das Gesicht. Keller leckt sie ihm mit ihrer Zunge zärtlich von der Stirn.

*Gossolt* (röchelt): Noch ist es nicht zu spät …

Lächelnd dreht sie erneut an der Schraube. Sie drückt ihr Becken gegen seins. Während sie sich schwer atmend hin und her bewegt, dreht sie langsam weiter an der Schraube. Gossolt stöhnt vor Schmerzen, sie vor Lust.

*Keller* (leicht traurig): Oh, Gossolt. Eigentlich schade …

Keller will gerade wieder zur Schraube greifen, als sie von hinten niedergestochen wird.

Anna lässt den Dolch (jenen von Keller) sofort zu Boden fallen und öffnet schnell die Schraube um Gossolts Hals. Gossolt ringt um Luft.

*Gossolt:* … Anna! Du hast mir das Leben gerettet!

Gossolt bricht zusammen. Anna löst seine Fesseln und beginnt seine Wunden zu pflegen. Gossolt kommt wieder zu sich.

*Gossolt:* Wir müssen hier raus! Die Wachen könnten jeden Augenblick kommen.

Anna legt ihm zärtlich den Finger auf die Lippe.

*Anna:* Psssst, … die Résistance hat alles unter Kontrolle. (Sie tupft ihm die Stirne ab.) … Geht es wieder?

Anna küsst Gossolts geschundene Backe. Gossolt geniesst es sichtlich.

*Gossolt* (zeigt auf seinen Hals): Da schmerzt es auch noch. (Anna küsst auch diese Stelle. Er tippt an seine Lippen:) Und hier auch …

Anna und Gossolt sehen sich verliebt an und wollen zu einem Kuss ansetzen. Sie bemerken nicht, dass Keller wieder zu sich kommt. Unmittelbar bevor sich die Lippen von Anna und Gossolt finden, sticht Keller Anna von hinten nieder.

*Anna* (erschrocken, überrascht): – … Aaaaah! – Marcus …
Anna bricht zusammen. Nach einem kurzen Schock stürzt sich Gossolt auf Keller und schmettert sie an die Kerkerwand, direkt in ein Foltereisen, das sich durch Kellers Körper bohrt. Sofort ist Gossolt wieder zurück bei Anna. Aber er kann sie nicht mehr retten.

*Anna:* Marcus!

*Gossolt:* Nein!

*Anna* (schwach): Alles ist so, wie es das Orakel vorausgesagt hat …

*Gossolt:* Anna, ich werde dich nicht verlassen!

*Anna* (ruhig): Du musst jetzt die Geschichte alleine zu Ende bringen … – ich liebe dich.

Anna stirbt.

*Kerker in der Burg von Gessler, Sarnen (13. Jhdt.).*
*Innen. Nachmittag.*

Gossolt kniend, den leblosen Körper von Anna auf den Händen. Er schreit sein Unglück und seinen Schmerz in die Welt hinaus.

*Im Auto. Aussen. Später Nachmittag.*

Hedinger am Steuer seines Autos, verzweifelt. Er fährt in übersetztem Tempo, schneidet jede Kurve, quietschende Reifen.

*Wälder, Schluchten (13. Jhdt.). Aussen. Später Nachmittag.*

Gossolt auf dem Weg zur Hohlen Gasse. Er rennt Kreten entlang, überspringt Bäche und kämpft sich durch's Unterholz bis zur Hohlen Gasse, wo er sich auf die Lauer legt.

*Lagerhäuser bei der Axenmine, Rampe. Innen.*

Hedinger am Eingang der Mine. Im Dunkeln sieht man eine Zigarette rot aufglimmen. Hedinger zieht seine Waffe. Aus dem Dunkeln kommt langsam der Raucher.

*Hedinger* (bedroht den Raucher mit der Waffe): Sie bezahlen für dieses Verbrechen und mit Ihnen Ihre Arbeitgeber und die Regierung, die sie finanziert, … dafür sorge ich …

*Raucher:* Nanu, Sie bedrohen mich ja schon wieder …

*Hohle Gasse (13. Jhdt.). Aussen. Später Nachmittag.*

Gessler reitet in die Hohle Gasse ein, Gossolt tritt ihm in den Weg, seine Armbrust auf ihn gerichtet, den Finger am Abzug.

*Lagerhäuser bei der Axenmine, Rampe. Innen.*

*Raucher:* Sie wollten doch immer die Wahrheit erfahren … – Ich mache Ihnen ein letztes Angebot: Kündigen Sie beim SBI und arbeiten Sie für mich.

*Hedinger* (schweigt, dann): … Daraus wird leider nichts.

Hedinger hebt seine Waffe, zielt auf den Raucher und krümmt den Finger am Abzug.

*Hohle Gasse (13. Jhdt.). Aussen. Später Nachmittag.*

*Gessler* (arrogant): Nun, was erwarten Sie von mir?
*Gossolt* (ernst): Ich erwarte, dass Sie sterben.

Gossolt drückt ab. Lichtblitze schlagen ihm entgegen. Laub wirbelt auf, eine Lichtsäule erhebt sich zum Himmel und ein Wirbelloch tut sich auf.

*Lagerhäuser bei der Axenmine, Rampe. Innen.*

Hedinger betätigt ebenfalls den Abzug seiner Pistole. Ein gleissender Lichtblitz und eine Luftwelle schlagen ihm entgegen. Dann kurze Dunkelheit. Im Tunnel stehen sich Hedinger und Gossolt, aufeinander zielend, gegenüber. Vom Raucher, beziehungsweise von Gessler, fehlt jegliche Spur.

*5. Tag*

*SBI, Zürich, Büro von Hedinger und Gossolt. Innen. Vormittag.*

Nächster Tag im Büro. Gespannte Stimmung.

*Gossolt* (flucht): Die können uns den Fall nicht einfach wegnehmen, verdammt!

*Hedinger* (desillusioniert): Die Anweisungen kamen von höchster Bundesebene – wie gehabt.

*Gossolt:* Wo ist eigentlich Bucher?

*Hedinger:* Die liefert ihren Vorgesetzten Bericht über den Fall und über uns ab.

*Gossolt:* Hedinger, ich traue ihr einfach nicht. Bei Keller kam das auch total überraschend.

*Hedinger:* Wenn ich für jemanden bürge, dann für sie.

*Gossolt* (hadert mit dem Schicksal): Ach, Hedinger, was soll denn das Ganze! All diese forensischen Ermittlungen, die vielen Berichte von Augenzeugen ... – Wie oft waren wir schon an diesem Punkt. Genau hier. So nah an der Wahrheit. Und nach allem, was wir wissen und gesehen haben, stehen wir da und haben nichts in der Hand.
*Hedinger:* Tja, die vertuschen einfach das Ganze wieder. Die schaufeln ein neues Loch und alles wird darin begraben.
*Gossolt* (wütend): Ich habe die Wahrheit gesehen, Hedinger, und jetzt möchte ich die Antworten dazu!
*Hedinger:* Mmh, ... ich glaube, dass das, wonach wir suchen, in den C-Akten steht und ich bin sicherer denn je, dass die Wahrheit da drin ist.

*SBI Headquarters, Bern, Büro des Direktors des SBI.*
*Innen. Vormittag.*

Bucher im Büro des Vorgesetzten. Bucher übergibt Direktor Bitterli den Bericht und das Implantat.
*Bucher:* Das hier ist der Gegenstand, den ich aus der exhumierten Leiche entfernt habe. Ich habe ihn in der Tasche aufbewahrt, deswegen wurde er als einziges Beweisstück beim Brand nicht zerstört. – Ihre Männer haben ansonsten ja gut aufgeräumt.
*Bitterli:* Wir haben unsere besten Leute darauf angesetzt.
*Mann 2:* Was meinen die Agenten Hedinger und Gossolt dazu?
*Bucher:* Sie glauben, das wir nicht allein sind. Aber Beweise haben sie keine.
*Bitterli* (nickt leicht): Danke, Agent Bucher, das wäre alles für heute. Wir werden Sie über weitere Schritte informieren.

Die Tür geht auf und Keller kommt rein. Bucher und Keller begrüssen sich mit einer herzlichen Umarmung. Gemeinsam verlassen sie den Raum.
Ein zweite Tür öffnet sich und der Raucher betritt das Büro. Er tritt an das Pult des Direktors und nimmt das Implantat an sich.

*Bitterli* (leicht tadelnd): Wir müssen nächstes Mal vorsichtiger sein.

*Raucher* (murrt): Zwei Menschen alleine halten nicht den Fortgang der Geschichte auf.

Der Raucher verlässt den Raum.

*SBI Headquarters, Bern, unterirdische Lagerhalle. Innen.*

Grosse Lagerhalle. Der Raucher läuft zwischen Dutzenden von hohen Lagergestellen hindurch, bis er ein bestimmtes Abteil gefunden hat. Er öffnet die dazugehörige Schachtel und lagert das Implantat ein. Im Behälter befinden sich weitere Implantate, die offensichtlich bereits früher entdeckt wurden …

Die Frage bleibt: Sind wir nicht allein?

*Epilog*

*Seeufer Zürichsee. Aussen. Später Nachmittag.*

Hedinger und Gossolt sitzen am Seeufer in Zürich. Gossolt sieht nachdenklich aus. Zwischen den Fingern dreht er die Wilhelm-Tell-Gedenkmünze.

*Hedinger:* Denkst du gerade an die merkwürdige Frau aus der Bar?

*Gossolt:* Niemand kannte sie. Was für Informationen sie wohl für uns hatte? … Und die Todesursache wurde nie herausgefunden … mmh … – aber eigentlich dachte ich auch gerade über dein Geschenk nach. (Kamera gross auf die Münze.) Du kamst nie dazu, mir zu sagen, was es zu bedeuten hat … – aber ich denke, ich weiss es. (Musik schwillt an.) Ich denke, du wolltest damit würdigen, dass es immer wieder aussergewöhnliche Menschen gibt und … aussergewöhnliche Momente, in denen die Geschichte sich sprunghaft weiterentwickelt.

Dass, was vorstellbar ist, auch vollbracht werden kann und dass man wagen sollte, zu träumen und für seine Ideale … wie etwa Freiheit zu kämpfen.

Aber dass es keinen Ersatz für harte Arbeit, Beharrlichkeit und Teamwork gibt. Dass hinter jedem Helden auch ein Volk steht. Obwohl wir alle immer der Menschen gedenken sollten, die diese grossartigen Ereignisse vollbrachten, dürfen wir nicht vergessen, welche Opfer von anderen nötig waren, damit dies überhaupt möglich wurde …

*Hedinger* (schmunzelnd): … Ich dachte nur, dies wäre eine ziemlich coole Münze.

Gossolt grinst und schnippt die Münze in hohem Bogen in den See. Hedinger und Gossolt stehen auf und gehen durch die Menschenmenge davon.

Kamera nah an ihre Hinterköpfe: Sie haben beide dieselben Einstiche am Nacken, wie die entführten Testopfer.

*Ende*

CIP International Pictures presents
in association with
View Productions and Kunsthaus Zürich

A COM & COM Film

## C-Files: Tell Saga
2000

| | |
|---|---|
| *Produced by* | COM & COM |
| | Camel Move |
| | René Lezard |
| | Kunsthaus Zürich |
| *Screenplay* | Johannes M. Hedinger |
| | after an idea of COM & COM |
| | based on Schiller's Drama |
| | «Wilhelm Tell» and Carter's |
| | TV-Movie «The X-Files» |
| *Directed by* | Hedinger / Gossolt |

*Cast*

| | |
|---|---|
| *Agent Gossolt* | AJ Gossolt |
| *Agent Hedinger* | AJ Hedinger |
| *Orakel* | HR Giger |
| *Gessler / Raucher* | Marcus C. Merz |
| *Agent Bucher* | Evelyn Bucher |
| *Agent Keller* | Martina Keller |
| *Mentor* | Norbert Klassen |
| *Anna* | Gilgi Guggenheim |
| *Tell* | Peter Rubi |
| *Dave* | Javier Halter |

| | |
|---|---|
| *Mister X* | Sergio De Matos Cunha |
| *Verwirrte Frau* | Marianna Prenger |
| *Wasserleiche* | Jara Malevez |
| *Kellner* | Patrik Good |
| *Drei Eidgenossen* | Helmut Gossolt |
| | Johannes Hedinger sen. |
| | Remo Schneider |

*Crew*

| | |
|---|---|
| *Director of Photography* | Tonio Krüger, View Productions |
| *Making Of* | Valentin Jeck |
| *Edited by* | Reto Waser, RWB-Film |
| *Production Manager* | Renatus Mauderli, Vorfilm |
| *Unit Manager* | Michelle Bigler |
| *Acting Coach* | Matthias Fankhauser |
| *Casting* | COM&COM |
| *Assistant Director* | Tabea Guhl |
| *Music and Sound Design* | Manuel Stagars, Audiobox |
| *Costume Design* | Carol Luchetta |
| *Make Up Design* | Corinna Stüssi, ciné mask |
| | Bea Petris, ciné mask |
| | Thomas Rufli, ciné mask |
| *Production Design* | Salome Schumacher |
| | Su Erdt |
| *Alien Design* | Thomas Rufli, ciné mask |
| *Storyboard* | Marcus Gossolt |
| *Camera Operator* | Mario Klaus |
| *Crane Operator* | Arnold Fischer |
| *Dolly Operator* | Andres Seeberger |
| *Sound Engineer* | Xenia Guhl |
| *Boom Operator* | Claude Sturzenegger |
| *Gaffer* | Bernard Grandjean |
| | Marc Isler |
| *Grip* | Armin Kleger |
| | Jara Malevez |

| | |
|---|---|
| *Catering* | Patrik Good |
| | Sandra Spörri |
| | Sarah Buob |
| | Réne Weber |
| *Pilot* | Tobi Borer |
| *Animal Trainer* | McMillan Animal Rentals |
| *3-D Animation* | Aldo Bombelli |
| *3-D Animation Shot* | Raphael Gor, Frame Eleven |
| *Still Photographer* | Stefan Rohner |
| | Leo Boesinger |
| *Digital Photoediting* | Can Asan |
| *DVD Production* | Markus Gwerder, |
| | Mountain DV Solutions |
| *Voice (Trailer)* | Mike Manegold |
| *Synchron Voices* | Karen Bruckmann and Team |

| | |
|---|---|
| *Electronic Equipment* | W.A.L.D. Studios |
| *Camera* | Sony BVW 400 AP |
| *Lenses* | Fujinon Zoom Lenses |
| *Dolly* | Super-Panther |
| *Crane* | Egripment |
| *Tripod* | Sachtler |
| *Light Equipment* | Arri |
| | Dedo Light |
| *Editing Equipment* | Panasonic |
| *Sound* | Sennheiser |
| | Shure |
| *Picturearchive* | Schweizerischer Armeefilmdienst |

*Music*

«Theme from C-Files» (Manuel Stagars)
Produced and mixed by Manuel Stagars
at Audiobox, Zurich CH
Mastered at Audiobox Digital Mastering, Zurich CH

Contains excerpts from
«Le Mystère des Voix Bulgares»,
Weltbild 1994

*Producer*

| | |
|---|---|
| *Executive Producer* | Tobia Bezzola<br>COM & COM |
| *Co-Produced by* | Audiobox, Zürich<br>Bild+Ton, Ebikon<br>Bleiche Wald<br>ciné mask, Zürich<br>Colombo, Zürich<br>Foto Lautenschlager, St. Gallen<br>Museum HR Giger, Gruyère<br>Sammlung Hauser und Wirth, St. Gallen<br>Malerei Gossolt, Wittenbach<br>Näf Holzbau, Kesswil<br>Peugeot Schweiz<br>Polaroid Eyewear Schweiz<br>Riminibar, Zürich<br>Schriftwerk AG, St. Gallen<br>Star TV, Schlieren<br>Tell Freilichtspiele Interlaken<br>Versino, Wil |
| *Supported by* | Ars Rhenia-Stiftung<br>Stiftung Erna und Curt Burgauer<br>Migros Kulturprozent<br>Hulda und Gustav Zumsteg-Stiftung |

Kunsthaus Zürich
9. September bis 29. Oktober

Ausstellung

| | |
|---|---|
| *Konzept* | COM & COM |
| *Kurator* | Tobia Bezzola |
| *Assistenz Kurator* | Sabina Nänny |
| *Pressearbeit* | Brigitte Moor |
| | Björn Quellenberg |
| *Austellungsgrafik* | Tabea Guhl |
| *Ausstellungsarchitektur* | Marcus Gossolt |
| | Adrian Näf |
| *Ausstellungstechnik (Leitung)* | Roland Arndt |
| *Technischer Dienst* | Fredi Pfenninger |
| *Schreiner* | Dominic Amman |
| | Kujtim Krasnigi |
| | Dvdet Ramadami |
| | Michel Rosset |
| *Aufbau* | Ralph Etter |
| | Hans Gunnervall |
| | Andreas Hunziker |
| *Maler* | Helmut Gossolt |
| *Boden* | Ralph Lachauer |
| *Ausstattung «Making Of»* | Johanna Zimmermann |
| *Ausstattung «Office»* | Johannes M. Hedinger |
| | Tabea Guhl |
| | Isabel Hasler |
| *Holzarbeiten* | Näf Holzbau, Kesswil |
| *Malerarbeiten* | Malerei Gossolt, Wittenbach |
| *PVC-Boden* | Wohnbelags AG, St. Gallen |
| *Schriftarbeiten* | Schriftwerk, St. Gallen |
| *Bühnenlicht* | View Productions, Wald |
| *Video- und Licht-Programmierung* | Bild + Ton, Ebikon |
| *DVD-Produkion* | Mountain DV Solutions |
| *Fotografie* | Stefan Rohner |
| | Leo Boesinger |
| | Christoph Musiol |
| | Tabea Guhl |
| | Johannes M. Hedinger |

| | |
|---|---|
| *Restauratorin* | Jean Rosston |
| *Versicherungen* | Gerda Kram |

Publikation

| | |
|---|---|
| *Konzept* | COM&COM |
| *Text* | Johannes M. Hedinger |
| *Gestaltungskonzept* | Georg Rutishauser<br>Johannes M. Hedinger<br>in Anlehnung an die Gestaltung<br>der Drehbuchausgaben<br>des Diogens Verlag Zürich |
| *Satz, Bildbearbeitung* | Georg Rutishauser<br>Can Asan |
| *Lektorat* | Tabea Guhl<br>Martina Schlauri |
| *Korrektorat* | Anuschka Pfammatter |
| *Fotografie* | Stefan Rohner<br>Leo Boesinger<br>Christoph Musiol<br>Tabea Guhl<br>Johannes M. Hedinger |
| *Druck* | Printoset GmbH, Zürich |
| *Ausrüstung* | BAG, Buchbinderei + Ausrüst AG,<br>Zürich |

Dank

MOVE by Camel Schweiz, André Parsic
René Lezard Deutschland,
Maria Weierich

Audiobox Zürich, Manuel Stagars
Bild + Ton, Ebikon, Martin Elmiger
Bleiche Wald, Andreas Honegger
ciné mask Zürich, Bea Petris
Colombo Centro Mobili Zürich,
Ivan Colombo

Foto Lautenschlager St. Gallen,
Alice Lautenschlager
Malerei Gossolt Wittenbach, Helmut Gossolt
Kunsthaus Zürich, Tobia Bezzola
Mountain DV Solutions, Markus Gwerder
Näf Holzbau Kesswil, Adrian Näf
Peugeot Schweiz, Frau Wüthrich
RWB Films Luzern, Reto Waser
Sammlung Hauser und Wirth, St. Gallen,
Eva Meyer-Hermann,
Manuela umd Iwan Wirth
Schriftwerk AG St. Gallen,
Michael Millius, Roger Eberhard
Star TV Schlieren,
Martin Weiss, Nicole Westenfelder,
Mireille Jaton
Tell Freilichtspiele Interlaken, Stefan Bürgi
Versino Will, Beatrice Häberli
View Productions Wald, Tonio Krüger
Vorfilm Bern, Renatus Mauderli

Ars Rhenia Stiftung, Peter Wirtz
Armeefilmdienst, Frau Hollinger,
Herr Schärer, Herr Schlumpf
Stiftung Erna und Curt Burgauer, Frau Hirzel
Migros Kulturprozent
Polaroid Eyewear Schweiz, Frau Jaberg
Vadian Net, Mario Klaus
Universitätsspital Zürich, Pathologie
Hulda und Gustav Zumsteg Stiftung

Agil, Akademie der Künste Berlin,
Pascal Amrein, Roland Arndt,
Galerie Art Magazin Zürich, Can Asan,
Badischer Kunstverein Karlsruhe, Diana Baldon,
Stefan Banz, Daniel Baumann,
Jens Becker, Thomas Berner, Tobia Bezzola,
Paolo Bianchi, Michelle Bigler,
Konrad Bitterli, Eric Blass, Marc Blickenstorfer,
Leo Boesinger, Manfred Bollinger,

Aldo Bombelli, Tobi Borer,
Christian Breitschmid, Evelyn Bucher,
Galerie Bunkier Sztuki Krakau,
Patricia Buob, Sarah Buob, Urs Burger, Stefan Bürgi,
Therese Bürki, Chris Carter, Catcha,
Ivan Colombo, DAAD Berlin,
Camilla Dahl, Sergio De Mathos Cunha,
Doris Derungs, Christoph Draeger,
Cello Duff, Roger Eberhard, Peter Emch,
Haymo Empl, Su Erdt,
Ralph Etter, Matthias Fankhauser,
edition fink, Arnold Fischer, FLAP,
Andreas Forer, Frame Eleven, Max Frisch,
Christof Frutiger, Stefan Gantenbein,
HR Giger, Museum HR Giger Gruyère,
Andreas Gilgen, Andreas Göldi, Patrik Good,
Raphael Gort, Adrian Gossolt,
Gerda Gossolt, Helmut Gossolt,
Anin Gossolt-Guggenheim, Bernard Grandjean,
Gilgi Guggenheim, Andy Guhl,
Tabea Guhl, Xenia Guhl,
Hans Gunnervall, Andreas Häberli,
Beatrice Häberli, Javier Halter,
Norbert Halter, Urs Hartmann,
Flughafen Hasenstrick Wald, Isabel Hasler,
David Hedinger, Irene Hedinger,
Johannes Hedinger sen.,
Miriam Hefti, Bettina Hein, Prof. Dr. Heitz,
Nicole Himmelreich, Andreas Honegger,
Bem Höppner, Andi Huber,
Iria Hungerbühler, Andreas Hunziker,
Marc Isler, Mireille Jaton, Valentin Jeck,
Regula Käch-Krüger, Kamm+Kamm Fashion Company,
Patrick Kamm, Garage Bruno Kaufmann,
Bruno Kaufmann, Martina Keller,
San Keller, Familie Kienast,
Norbert Klassen, Mario Klaus, Armin Kleger,
Rudolf Kohler, Jochen Koubeck,
Edith Krebs, Tonio Krüger, Rüdiger Lange,
Alice Lautenschlager, Pierre-André Lienhard,

Hr. Linder, Live Light,
Loop Raum für aktuelle Kunst Berlin,
Carol Luchetta, Ariane Lüthi,
Prof. Thomas Macho, Pier Stefano Mader,
Jara Malevez, Jasmin Mändlin, Renatus Mauderli,
Markus Meier, Daniela Merz,
Marcus C. Merz, Eva Meyer-Hermann,
Migros Museum für Gegenwartskunst Zürich,
Michael Millius, Brigitte Moor,
Thomas Müllenbach, Henning Müller, HP Müller,
Rolf Müller, Stefan Müller,
Christoph Musiol, Adrian Näf,
Namics, Sabina Nänny, news.ch, Chris Niemeyer,
O.K Centrum für Gegenwartskunst Linz,
Mark Ottiker, André Parsic, Stefano Pasquali,
Matthias Peter, Bea Petris,
Anuschka Pfammatter, Karl-Heinz Pichler,
Marianna Prenger, Raum für aktuelle Kunst Luzern,
Christiane Rekade, Angelika Richter,
Frank und Patrik Riklin,
Riminibar, Stefan Rohner,
Monica Rottmeyer, Peter Rubi, Rufener Events,
Thomas Rufli, Georg Rutishauser,
Hr. Sari, SBK/HGK Zürich,
Roland Schäfli, Christoph Schenker, Friedrich Schiller,
Martina Schlauri, Salome Schumacher,
Berit Schweska, Nicole Schwitzgebel,
Andres Seeberger, SF DRS,
David Signer, Sandra Spörri,
Bettina Springer, Manuel Stagars,
Pino Stinelli, Dorothea Strauss, Dean Strotz,
Daniel Studer, Claude Sturzenegger,
Corinna Stüssi, Stutz Bremgarten,
Anita Tarnutzer, Nadia Tarnutzer,
Galerie Barbara Thumm Berlin, Barbara Thumm,
House of Contemporary Arts Trafó Budapest,
Twin Production, Anette Ueberlein,
Universität Zürich, Pathologie Universitätsspital Zürich,
Kloster St. Urban, Mirjam Varadinis,
Dr. Vogt, Philipp Von Hingers,

Andy Waar, Florian Wachinger,
Familie Walder, Reto Waser, René Weber, Maria Weierich,
Galerie Brigitte Weiss Zürich, Brigitte Weiss,
Martin Weiss, Marianne Weissberger,
Jörg Welter, Peter Welz, Nicole Westenfelder,
Gabi Widmer, Patrick Winter, Beat Wirth,
Manuela und Iwan Wirth, Marianna Wüthrich,
Johanna Zimmermann.

*Bitte beachten Sie auch*
*die folgenden Seiten*

# Sponsoren

move

Vaduz

STAR
TV

KUNSTHAUS ZÜRICH

www.kunsthaus.ch

www.peugeot.ch

rwb film

Luzern

www.mdv.ch

Schriftwerk
Und siehe da.

COM & COM INTERNATIONAL PICTURES

www.e-comcom.net

rimini

Zürich

Kesswil

STIFTUNG ERNA UND CURT BURGAUER

Zürich

HULDA UND GUSTAV ZUMSTEG STIFTUNG

Zürich

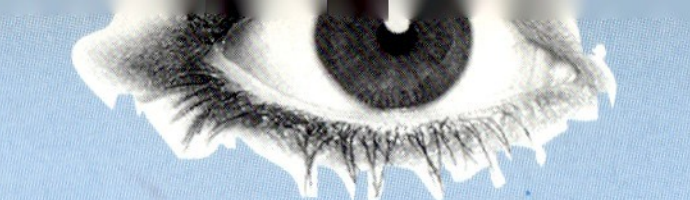

www.boesinger.ch

Wald

www.tellspiele.ch